本命是α

2 蜜月旅行就到妖怪鄉一遊

推しはアルファ
2
蜜月旅行就到妖怪鄉一遊
Oshi wa Alpha2.
Hana Yakou
presents
Illustration by
Ryou Mizukane
NOVEL
夜光花
ILLUST
みずかねりょう

C O N T E N T S

◆1 偶像依舊是偶像

某處傳來小嬰兒的哭聲。

是不是肚子餓了呢？或是想換尿布了呢？還是作了惡夢呢？

半夢半醒之間，人見佑真悠哉悠哉地這麼想。夢中的佑真正在搭電車，同個車廂內有位像是母親的乘客，正拚了命地哄著孩子。不用著急啦，因為小嬰兒的工作就是哭嘛。正當佑真面帶微笑要與那位母親搭話時，哭泣的小嬰兒轉動眼珠直直地看向他。

（奇怪？這小孩真眼熟……）

迷迷糊糊如此想著的瞬間，佑真霍地撥開棉被坐起上半身。他的旁邊躺著一名三個月大的小嬰兒，此刻哭得滿臉通紅。這個約三坪大的房間裡，只擺著衣櫥與小矮桌。佑真想起自己在房間中央鋪好被褥後，便躺下來哄小嬰兒睡覺，哄著哄著自己也一塊睡著。

「這不是我的孩子嗎！」

忍不住這般吐槽後，佑真趕緊聞了聞小嬰兒的尿布。尿布既不臭，也沒溼掉。要不然是想喝奶嗎？可是，牛奶睡前才餵過。

「好好好！我知道啦！」

佑真對著哭個不停的小嬰兒這麼說，然後將裹著毛毯的小嬰兒抱起來。小嬰兒似乎只是單純哭鬧而已，佑真將他抱起來搖一搖就不哭了。

（啊——一點也不習慣！完全沒有真實感，實在不敢相信這是自己的孩子！）

在房間裡走來走去哄著懷裡的小嬰兒，佑真不由得乾笑。

光滑白皙的臉頰；圓滾滾的眼睛；柔細的頭髮；才出生三個月就可以確定將來會是帥哥的可愛臉蛋——至今佑真仍不敢相信，這孩子曾待在自己的肚皮裡。直到現在他還會懷疑，是不是哪裡搞錯了？這是不是自己的妄想？

「佑真，沒事吧？颯馬醒了嗎？」

正當佑真哄著颯馬時，有人敲了房門，穿著深藍色工作服的人見蓮從門口探出頭來。當下佑真笑逐顏開，如痴如醉地看著他。蓮是佑真的番與夫婿，也是佑真最愛的偶像。蓮有著令人驚豔的英俊長相、勾魂攝魄的迷人電眼，以及均勻合度的身材，個子很高，站在旁邊一比就能看出他的腿很長。最了不起的是，蓮的第二性別是優秀的代名詞 α。彷彿是在佐證這點似的，蓮不僅運動神經很好，還畢業於國立大學。過去無論面對什麼事大多都能迎刃而解，堪稱是天選之人。

「沒事啦。難道連那邊都聽得到哭聲嗎？」

佑真擔心地看向走廊，小聲詢問。

佑真睡的房間，是靠近廚房的員工專用房間。這裡是「七星莊」，經營的是旅館事業。今天有一組客人入住，由蓮與他的姊姊都接待。雖然員工的房間與客房有段距離，不過嬰兒的哭聲能夠傳得很遠，佑真擔心吵到客人。

「沒問題，今天的客人耳朵不好，用不著擔心。話說回來，祂的耳朵……在哪裡呢？」

蓮露出若有所思的眼神喃喃自語。回想起睡前瞄到的客人身影，佑真不禁苦笑。記得今天的客人是像虛無僧那樣的神祕妖怪，頭部罩著以稻草編成的簍子，連臉在哪裡都看不出來。

——「七星莊」有個不能告訴普通人的祕密：這裡其實是專門給妖怪入住的旅館。

每次上門的客人都是妖怪，例如模樣詭異前所未見的妖怪，或是動物頭配上人身的妖怪，甚至還有史萊姆與大章魚等等，總之都是些莫名其妙的物體。

雖然在這裡待了一年後已經適應了，但現在仍然經常遇到令他懷疑自己眼睛的事物。動畫裡的妖怪大多很可愛，不過現實中的看起來卻相當驚悚。

「因為暫時得空了，孩子就給我照顧，佑真你回去睡。你很累吧？」

蓮面帶微笑從佑真手裡接過小嬰兒。那副擺出父親臉孔抱著自家孩子的模樣，看在佑真眼裡實在耀眼得不得了。假如是自己這種路人角色抱著如天使般可愛的孩子，看上去簡直就像是抱著別人家的孩子，但換作蓮這種美男抱著天使，卻能深刻感受到美形基因的強大。

（蓮很有當父親的感覺哪……為什麼生下孩子的我卻沒有真實感呢？）

佑真懷著納悶的心情，注視抱著小嬰兒——颯馬，用紗布擦拭寶寶眼睛的蓮。帥哥抱著將來應該會長成帥哥的孩子，這畫面實在萌到不能再萌。大偶像加上小偶像的雙重攻擊，可以讓佑真吃下三碗飯。他不自覺地拿出智慧型手機，一不小心又拍出了一張精采的相片。

「我們去散個步喔。」

蓮使用嬰兒背帶將颯馬抱在懷裡，笑咪咪地離開房間。

颯馬毫無疑問是佑真與蓮的孩子。真不敢相信，如天使般可愛的颯馬，居然曾住在自己的肚皮裡。颯馬長得十分像蓮，他有著端正的五官，以及軟軟嫩嫩的臉蛋，任何人一看到他都會被他迷倒。身為 α 的蓮與後天變成 Ω 的佑真，兩人走到結婚的過程十分離奇。

打從出生的那一刻起，佑真就一直過著平凡的人生。他的外表平凡到第一次見到他的人很難記住他的長相，頭腦不笨也不聰明，任何運動的成績都普普通通，高中與大學都是畢業於二流學校，原本的第二性別也是多到滿街跑的β。由於不管做什麼都只有平均水準，朋友常戲稱佑真是「普通的化身」。二十七年的人生當中，佑真既沒遭遇過天大的不幸，也不曾有過奇蹟般的幸運。

雖然佑真如此的平凡無奇，不過任職的公司卻是一家大旅行社。他本來就很喜歡旅行，而面試時滿腔熱忱高談闊論的模樣似乎給面試官留下了印象。就是因為在那裡工作，他才會遇見蓮這位帥哥。不過，起初佑真並不記得，他與蓮就讀同一所小學，還是對方親切地主動向他攀談。

佑真是外貌協會成員。由於自己長相平凡，無論普通人還是藝人，他都喜歡臉蛋漂亮的人。對佑真而言蓮是從天而降的奇蹟，是能在公司見到面的偶像。佑真本想遠遠地欣賞自己喜歡的偶像，沒想到蓮竟然向他求婚，人生就此起了變化。蓮在各方面都很優秀，不過老家經營的是專做妖怪生意的旅館，在這種特殊環境下成長的蓮擁有一種令他頗感困擾的能力：在他眼中，說謊者的臉是黑色的。據說就是這項能力，導致蓮看到的人臉大多都黑黑髒髒的，也因此讓蓮注意到看起來閃閃發光的佑真，而且不知怎的居然喜歡上他。

佑真有著不會說謊的個性。因此他不會說客套話，對方的缺點也敢直言不諱。這樣的個性導致他經常與人發生衝突，在公司裡也老是挨上司罵。瞻仰蓮的尊容原本是療癒佑真的唯一綠洲，沒想到蓮卻說要辭職回老家。雖然無意答應蓮的求婚，但佑真又捨不得與他分開，最後便下定決心來到這間位於高知深山裡的「七星莊」。佑真喜歡做菜，所以打算趁這個機會，在「七星莊」的廚房工作以取得廚師執照。這段期間蓮一再展現自己對佑真的熱愛，佑真也同樣受到蓮的吸引。然而就在兩人的關係越來越親密時，佑真中了女將的計而變成Ω。

由於被迫改變了性別，起初佑真既憤怒，又絕望。但在得知蓮對他的愛是真心的，而且肚子裡有了寶寶後，佑真總算下定了決心。他答應蓮的求婚，與身為α的蓮結為番。而現在，他們一起在這間旅館工作。

（我的人生起了很大的轉變哪……）

佑真躺在墊褥上，再次覺得自己在這裡很格格不入。這陣子睡眠不足，趕緊趁現在補眠吧。想是這麼想，佑真打算睡前再看一次那樣東西，於是拿出藏在斗櫃裡的箱子。

打開箱子一看，裡面放著幾本寫真集。這些全是他自己製作的。

「哈啊——實在太療癒了，就算說得客氣一點也還是太棒了！」

佑真翻著寫真集，眼睛變成兩顆愛心看得入迷。寫真集裡全是蓮的相片。

他將以前累積下來的相片，以及生日時拜託蓮讓他拍的相片，製作成一本本寫真集。偶爾偷偷翻開欣賞，是佑真最幸福的時光。

「差不多該製作第三本寫真集了吧……畢竟颯馬的相片也累積了不少……真想以『男神與天使』為標題製作第三本寫真集。哈——真是大飽眼福。為什麼蓮這麼帥呢？是上輩子積了陰德嗎？雖然他本人不願意，我也好想製作一本稍微走性感路線的寫真集喔。蓮那線條分明的腹肌，真想炫耀給別人看。啊啊，要是有人能跟我分享這種心情該有多好〜〜」

佑真面帶花痴笑容看著自己製作的寫真集，看著看著忍不住嘆了口氣。佑真認為蓮擁有人類史上最俊美的容貌，但向蓮的母親或姊姊提起這件事，卻只會得到「哦……是喔」這種回應，讓他很不滿。都甚至冷淡地說：「蓮長得很普通吧？」看來若是出生時就被俊男美女包圍，就不會明白美形有多難能可貴。佑真很想跟別人談論蓮的帥氣與優秀之處，卻一直無法實現這個願望。

（為什麼她們不懂這副美貌呢？果真是因為住在這種深山裡吧。不如趁著回娘家的時候，盡情地跟妹妹討論吧……）

外表平凡的佑真，其娘家鈴木家同樣很普通，全家人都是典型的平凡人。

正當佑真露出心滿意足的笑容，躺在墊褥上欣賞寫真集時，房門唰啦一聲突然打開。

「佑真，颯馬的奶嘴……」

忘了東西的蓮走進房間後，突然停下腳步。佑真嚇了一跳，拿著寫真集的手頓時僵住不動。雖然他立刻將寫真集塞進棉被裡，不過蓮早已看到了。

「佑真！剛剛那是什麼！書？奇怪，那是我的相片吧？為什麼！」

不知道外行人也能製作寫真集的蓮，驚慌失措地搖晃著佑真。佑真輕聲咂嘴，移開目光不正眼看蓮。其實他並不想讓蓮知道這件事，因為不怎麼自戀的蓮對這種事很反感。

「馬上把藏在棉被裡的東西拿出來！快點！」

蓮橫眉豎目，拉扯棉被。佑真試圖抵抗，但對方的力氣比較大，最後棉被還是被掀了開來。蓮的雙眼緊盯著佑真抱在胸前的寫真集。

「啊──抱歉。我擅自做了你的寫真集。」

無可奈何之下，佑真只好把兩本寫真集拿給蓮看。蓮臉色蒼白，渾身顫抖。

「我搞不懂做成寫真集有什麼意義！你不是單純看看我的相片就滿足了嗎？我可沒聽說你要把那些相片做成一本書！不對，我記得你之前好像說過想把相片做成寫真集？原來是講真的嗎？」

蓮從佑真手裡搶走寫真集，整個人氣到發抖。看樣子自己的相片遭人偷偷製成寫真集一事，讓他大感震驚。

美貌の

「有什麼關係，反正相片拍得這麼漂亮。這只是我的一點小嗜好啦。你看，身穿西裝佇立在樹林中的你那道身影多美啊。這張剛睡醒的相片，很讓人怦然心動吧？從四十五度斜角拍攝的話，你就會綻放神聖的美感喔。可惜你沒進演藝圈當偶像，要不然我一定會當你的經紀人。真虧我能忍住沒把這些相片當成宣傳材料拿去給經紀公司看，還不快點稱讚我的理智。」

「我聽不懂你在說什麼啦！標題居然還取什麼『美貌之人』！」

蓮一副就要將寫真集撕破的樣子。佑真趕緊將寫真集收進箱子裡，拚了老命地護著箱子。雖然娘家還藏著保存版，要是蓮把這兩本寫真集撕破他會哭的。

「這是你拿去給業者印製的嗎？我要氣死了啦！還以為你在偷看什麼，結果居然是這種玩意兒啊？我還寧可你偷看A片！」

蓮抱著頭怒吼。這時颯馬突然哇哇大哭起來，蓮回過神趕緊閉上嘴巴。

「你在說什麼傻話，我只是想讚美你而已呀。颯馬，沒必要哭啦。因為我對蓮的愛是真心的。」

佑真這麼說，安慰哭泣的颯馬。颯馬用那雙水汪汪的眼睛問他：你們不是在吵架嗎？

「你的愛扭曲了啦！」

見蓮面紅耳赤地吐槽自己，佑真抱著胳膊。

「蓮，你就諒解一下伴侶的癖好嘛。我只是想透過各種形式來欣賞你罷了。大家不是都會把戀人的相片儲存在智慧型手機裡欣賞嗎？為什麼印出來後你會這麼生氣呢？你也理解一下我的嗜好嘛。我認為妥協正是讓兩個人走得長久的祕訣。」

佑真打算用笑容來解決問題，於是滿臉堆笑地這麼說服蓮。蓮相當傻眼地張大嘴巴。

「這不算是……侵害肖像權嗎？」

不知是不是因為自己差點被拐而心生厭惡，蓮兇巴巴地瞪著他。

「這只是個人的消遣啦！我不會給任何人看的，你就原諒我吧！」

佑真抱住蓮，以充滿熱情的口吻請求道。正在氣頭上的蓮被他這樣緊緊一抱，還是不由得臉紅猶豫了。畢竟佑真欣賞的是自己而不是其他人的相片，蓮應該不會不願意才對。

「……絕對不能給任何人看喔。就連家人也不行喔！要是他們以為我同意你製作這種玩意兒，我真的會羞憤而死！」

蓮看似苦悶地這麼說，佑真的臉色頓時明亮起來。

「當然沒問題！」

這樣一來以後就可以光明正大地看寫真集，不必再偷偷摸摸的了。佑真沉浸在極大的喜悅之中。

佑真不僅不太敢相信颯馬這嬰兒是自己的孩子，對於人見蓮這男人是自己的伴侶一事，也同樣還沒有真實感。

原本佑真是希望蓮跟配得上其美貌的美女，或是美男Ω湊成一對。然而不知道是什麼緣故，蓮居然對佑真一見鍾情。兩人初次相遇是在小學時代，蓮因家庭因素而與父親一起搬出來生活，轉學到位在橫濱的並鷹國小。當時佑真對俊男美女的喜愛還不如現在這樣濃烈，所以他對蓮這個人只有一點點印象。

長大成人後，佑真在旅行社工作，蓮則是中途跳槽到這家公司。

再度見到蓮的那一刻，佑真整個人就像是遭到電擊一般。蓮有著完美的容貌，以及宛如從漫畫裡走出來的八頭身，態度爽朗又清正，而且工作能力也很強。對蓮的認識越深，佑真越難以招架他的魅力，最後便將他當成所謂的「偶像」欣賞與喜愛。

即使結婚之後每天都會看到那張臉，佑真不僅沒看膩，甚至到現在都還看不習慣。對佑真而言蓮是完美的偶像。再怎麼邋遢的模樣看起來都很可愛，佑真覺得蓮是受神寵愛的帥哥、是雲上之人，他實在不認為這份感情會有冷卻的那一天。

結婚後，佑真產下了蓮的孩子。

不知是否因為他拚命向八百萬眾神祈禱「希望孩子長得像蓮！」的關係，誕生下來的是模樣與蓮十分神似的漂亮男嬰，取名為颯馬。

（就某個意義來說，我的育兒生活還真輕鬆呢……）

現已邁入新一年的二月中旬，佑真一面在「七星莊」工作，一面與蓮養育孩子。女將與蓮的姊姊都也會幫忙照顧小孩，因此佑真不常有機會上場。畢竟孩子完全是用奶粉餵養，而且蓮也喜歡小孩，無論是換尿布還是洗澡他都搶先去做。佑真一週工作六天，負責協助八十一歲的岡山老先生製作旅館餐點。若要取得廚師執照，必須在餐飲店工作兩年以上才行，所以佑真打算先在旅館的廚房工作，等日後有了報考資格再去取得廚師執照。

雖說客人是妖怪，不過餐點跟給人類吃的差不多。岡山將甜點全權交給佑真負責。不知為何佑真製作的甜點頗受妖怪好評，也有越來越多的客人會在預約時指定甜點。

儘管身處特殊的環境，但佑真既無壓力，現階段也沒遇到任何問題。唯一的煩惱是颯馬動不動就哭，害他睡眠不足。

「今晚用剩餘的材料煮火鍋喔。」

這天客人在下午三點左右離開了旅館，晚餐時刻全體員工在後場圍著火鍋而坐。大廚岡山是一位將白髮理成五分頭、拄著拐杖的老人。他是個很不可思議的人物，平常行動不靈活，一副就快蒙主寵召的樣子，只有做菜的時候無須拐杖也能行動自如。今晚由岡山負責掌鍋，他攪拌著擺在餐桌中央的火鍋。

「唉——今天的客人很難看出情緒，真是累死人了。讓我抱抱颯馬。你看～～是奶奶喔～～」

女將從蓮的手中搶走颯馬，露出心花怒放的表情哄著他。自從有了孫子後，女將就變了很多。女將年近六十，身穿柿紅色和服，頭髮梳理得整齊漂亮。從前的女將是個態度強勢，彷彿自己就是規矩的傲慢女人，自從被可愛的孫子征服後，現在的女將只是一位溺愛孫子的奶奶。只要祭出孫子這張王牌，無論提出何種無理要求她都會答應。

「媽，妳好詐喔。人家也想抱抱！啊——這軟Q的肌膚，真是棒呆了。好療癒啊～～」

都是大蓮六歲的姊姊，現年三十三歲，身上穿著朱紅色和服。在這間旅館，男員工的制服是深藍色工作服，女員工的制服則是朱紅色和服，只有岡山是穿白色廚師袍。這一家人全都容貌姣好，都也不例外，是位大美女。不過她有著一到人多的地方就會昏倒的麻煩體質，導致她沒機會遇到對象，目前還是單身。

「是水炊鍋嗎？看起來好好吃。」

坐在旁邊的蓮替佑真盛了一盤遞給他。佑真道謝並接下盤子後，喝了一口湯汁。水炊鍋是以濃郁雞高湯為湯底，味道很棒。

後場有給員工用餐的大餐桌與木椅，以及收納文件與檔案夾的櫥櫃、架子與置物櫃。由於天氣還很冷，後場的暖爐正燒著，擱在暖爐上的煮水壺冒出蒸氣。「七星莊」也兼作員工的住處，因此裡面也有客廳，不過他們習慣在這個後場吃飯。

眾人一邊吃著當作晚餐的水炊鍋，一邊以工作或可愛的颯馬為話題閒聊，這時蓮像是突然想起來似地開口。

「對了，關於百日參拜這件事。」

蓮瞄了一眼佑真，於是佑真嚼著蔥點了個頭。

「我考慮跟初食儀式一起，在佑真的娘家那邊舉辦。喏，颯馬不是都待在這邊嗎？所以我才想，至少趁舉辦儀式的機會，帶颯馬回佑真的娘家一趟。」

蓮這麼說明，想徵求女將與都的同意。這是佑真與蓮事前就討論過並決定好的事。只要佑真住在這邊，娘家的雙親就很難見到孫子。佑真懷孕期間，全家人曾來這間旅館住過一次，但這裡實在太過鄉下，偏僻到從高知機場搭車，就算一路順暢也要花四個半小時，而父母似乎也吃到了苦頭，之後就不曾再來探望佑真他們。蓮看不下去，才主動提出這項建議。他希望佑真與颯馬，至少能趁著舉辦儀式的機會回娘家露個面。看到蓮不忘關心自己的父母，這份體貼讓佑真很感動，他也贊成這項提議。

佑真的娘家每年都會去某間神社參拜祈禱。可以的話，他想帶颯馬去那裡進行出生百日後的第一次參拜，向神明報告孩子誕生，並祈禱孩子能平安健康地長大。

「你說什麼……！初食儀式加上百日參拜……？不公平，我也要去！」

佑真原本就猜想女將應該不會反對，結果女將的反應遠超過他的想像。

「咦——人家也想去，可是……」

想到橫濱是大都市，都就猶豫起來。雖說位在橫濱，佑真娘家那一帶其實沒那麼繁榮熱鬧。

「媽也要去嗎？既然這樣就要訂旅館囉？」

大概是沒料到母親也想跟去吧，蓮頗為吃驚。溺愛孫子的女將，也想親自參與重要的儀式吧。

「畢竟我家沒那麼大嘛。」

佑真的娘家住的是獨棟透天厝，但房間不多，同行的人數若是增加，還是在附近訂旅館比較好吧。

「——都姊要去的話，要不要也邀大和先生呢？」

佑真不經意地這麼問後，現場登時鴉雀無聲。女將雙眼圓睜，坐在旁邊的都滿臉通紅，岡山則瞪大了眼睛。

大和是常來這裡送貨的年輕人。今年二十八歲，染了一頭金髮，外表讓人一看就覺得這人年少時曾是不良少年。大和與都正在交往——佑真以為這是公開的事實。

「咦？都，怎麼回事？妳跟那個怎麼看都很輕浮的小夥子，該不會正在交往吧？」

推理能力很強的女將豎眉瞪眼地質問都。看樣子兩人是偷偷交往，都面紅耳赤，將頭撇向一邊。坐在女將腿上的颯馬開始鬧起脾氣，女將見狀便把要吼出來的話吞了回去。

「這就是所謂的 Anger Management 吧。聽說只要忍六秒就行了。」

佑真對著忍住怒吼的女將這麼說，大概是這句話惹毛了她吧，女將砰的一聲大力拍桌。

「就算沒機會認識對象，妳也太飢不擇食了吧！我啊，不喜歡那種吊兒郎當的男人！還有佑真，你吵死了！我討厭英語啦！」

不知道是不是忍不住了，女將大聲罵道。佑真沒想到自己會被波及。颯馬則皺起小臉，似乎就快哭了出來。

「哪裡吊兒郎當了，他比妳想的還認真耶！」

「哈！哪裡認真啊！那小子是個愛說謊的小混混啦！」

「妳什麼都不知道，不准說大和先生的壞話！」

見女將與都起了爭執，佑真為自己不小心說溜了嘴一事感到後悔。

「對不起，我還以為大家都知道他們的關係了。呃，岡山先生……？」

不只女將受到打擊，岡山更是一臉錯愕。

「小都跟那種輕浮男在一起……？真、真不敢相信……」

看樣子岡山也對大和沒好感。雖然外表看起來確實像前不良少年，但他是個好人呀？

「大和先生很不討大家喜歡呢。」

佑真偷偷對蓮這麼說，蓮笑著看那對母女吵架，似乎覺得很有趣。

「我也不喜歡他。誰叫他老是黏著你。」

見蓮面帶笑容這麼說，佑真頓時心裡發毛往後退。蓮是個非常愛吃醋的男人，只要佑真親切地跟別的男人說話，蓮馬上就會不高興。之前蓮還會忍耐，但隨著歲月流逝，他的醋罈子越來越大。

「什麼嘛！還不是媽一直囉嗦，叫我快點結婚嗎！所以人家才那麼努力啊，搞什麼嘛！搞什麼嘛！」

「唔咕、咯，那是因為……！我的確希望妳結婚，但要嫁給更好的對象……！說到底那個小夥子是下界的人吧？妳知道那邊的人是怎麼說我們家的嗎？什麼被狐狸精附身啦，什麼鬼屋啦，什麼遭到詛咒的家，胡說八道亂講一通，妳不也被他們氣哭過嗎！」

女將把颯馬塞給佑真後，對著都拍桌怒吼。颯馬終於哭了出來，蓮見狀抱起颯馬，將他帶到外面。該說颯馬的感受性實在很強嗎，他對現場的氣氛很敏感。話說回來，這些閒言閒語還真過分。女將說的下界，是指住在山腳下的那些人嗎？不過，畢竟這裡經營的是專做妖怪生意的旅館，會被人說成鬼屋也是無可奈何的事吧。

「可是大和先生說，他之前都誤會我們了！他還說我是普通人！」

「哪裡誤會了！妳敢告訴那個輕浮男，這間旅館是做什麼的嗎？」

「人、人家……！」

女將與都越吵越凶，雙方都站起來瞪著彼此。佑真以為都早就跟大和說過旅館的事，看了都的表情才知道還沒。

（不過，這種事很難開口吧。想當初我也是不敢置信呢。）

要是跟一般人提起妖怪的事，對方應該會傻眼失笑，或是擔心自己腦袋有問題吧。都也不想放棄好不容易交到的男朋友吧，說不定她正在找適當時機告訴對方。

（其實，大和先生很認真看待他與都姊的關係呢。）

因為大和負責送貨到這裡，佑真常有機會跟他交談，大和找佑真商量都的事時他也會提供建議。雖然外表看起來很輕浮，大和對都似乎是認真的。因為大和曾問佑真，才交往半年就提結婚，會讓對方備感壓力吧？佑真決定，他必須保護將來要成為姊夫的男人。

「不好意思——」

為了緩和母女之間一觸即發的氣氛，佑真找了個適當的時機插嘴道。

「反正他們好像還沒論及婚嫁，女將不妨先鑑別他的人品吧？況且大和先生也很賣力工作，我想他的本性應該既認真又善良。」

佑真這般勸解，女將聽完皺起眉頭，嘆了一大口氣。

「那個小夥子不行啦。他說了很多謊，看臉就知道了。」

女將坐回椅子上，低聲這麼說。這時佑真才明白，女將反對兩人的原因。天邪鬼賦予女將與蓮分辨他人有無說謊的能力。所以，女將看得到大和至今說過的許多謊言。蓮討厭大和，說不定也不光是吃醋的問題。

「大和先生才不是那種人！媽是笨蛋！」

都眼裡噙著淚水，對著女將吼了回去。晚餐都還沒吃完，她就轉身離開了後場。

（啊啊，怎麼會演變成母女的戰爭……！都怪我不小心！）

佑真在之前的職場就常犯這種錯，沒想到在這裡也一樣。事後得跟都道歉才行。

安撫好颯馬的蓮回到了後場，現場的沉重氣氛讓他不由得抽動臉頰。女將沉默地吃完晚餐，一語不發地離開後場。

「岡山先生特地煮的美味水炊鍋都糟蹋了，對不起。」

佑真將白飯加進吃完火鍋料的湯底裡，並且向岡山道歉。岡山原本反對都與大和交往，但看到都哭了之後似乎改變了想法。

「小都要不要緊啊？」

岡山一臉擔憂地注視著都離去的門口。

「蓮，大和先生是謊話大王嗎？」

佑真好奇地詢問蓮。

「是啊，臉是黑色的。我跟他讀同一所國中，當時他好像都跟不良團體鬼混，所以我對他沒什麼好印象呢。」

蓮很乾脆地承認，然後將打散的蛋液倒進火鍋裡。因為兩人相差一歲，蓮似乎知曉大和叛逆時期的事。都這段戀情的前途看來是多災多難了。

「颯馬也想吃嗎？你要等到初食儀式那一天喔。」

見颯馬對雜燴粥感興趣，蓮露出微笑對他這麼說，之後便討論起要何時回佑真的娘家。照這樣子看來，都或許會留下來看家。這樣也好吧，因為她可以跟大和約會。

希望橫濱行會是一趟愉快的旅行。佑真如此祈禱，將收尾的雜燴粥扒進嘴裡。

由於佑真的雙親也贊成，最後便決定在二月底的吉日，一併舉辦颯馬的百日參拜與初食儀式。

結果，同行的只有女將一人。那天之後，都與女將的關係降到冰點，母女倆幾乎都不跟對方說話。佑真很擔心，便向送貨過來的大和說明情況，大和似乎覺得自己有責任，心情很沮喪。

「唉……這樣啊……他們果然討厭我啊。」

大和將堆在發財車上的紙箱搬下來，然後深深拉下棒球帽。每週二的上午十點，大和都會載著事前訂購的蔬菜與當季的蔬菜前來兜售。今天他頭戴黑帽，身穿繡著龍紋的棒球外套以及破洞牛仔褲。坦白說，只看外表的話，大和與都一點也不登對。因為都大多穿和服或長裙這種很有千金小姐氣質的服裝，佑真不認為兩人的興趣會合得來。

「女將好像很討厭下界的人說這裡壞話。」

佑真一邊清點訂購的食材，一邊向大和說明。

「也是啦……即使到了現在，我偶爾還是會覺得這裡很可怕……是說，都小姐傳 LINE 訊息跟我說有重要的事要談，這樣是不是很不妙啊？」

大和心神不寧地尋找都的身影。他哭喪著臉，很擔心萬一都提出分手該怎麼辦。

「大和先生，我很想跟你成為一家人……是時候向她提起那件事了吧？」

為了幫大和打氣，佑真用力抓著他的肩膀這麼說。大和似乎沒聽懂這句話的意思，呆若木雞地回望著佑真。之後那張臉微微發紅，他忸忸怩怩地玩著棒球帽。

「啊，那個──我很高興你有這樣的心意，但是……我跟她只接過吻而已……還不是能夠求婚的關係……」

大和咕噥著說道，佑真面帶笑容定格在原地。

他們是國中生嗎？不，現在的國中生比他們還要積極。這根本是小學生程度吧？

「呃……明明長得那麼外向，你在開什麼玩笑？既然提到結婚，當然會以為你們已經做過很多事了吧……？」

完全不知道兩人還停留在接吻階段，佑真差點就翻白眼。只是接過吻而已就能想到結婚這件事，真是了不起的純愛。

「看起來一副年少時就是個玩咖的樣子，結果居然是純情派，這是漫畫情節嗎？如果是我娘家那邊的前不良少年，給人的印象可是很難纏耶。沒想到你們居然像小學生那樣交往……這半年來你都在做什麼？」

「如果你是要炫耀自己曾住過橫濱這種大都市那就免了。我以前的確是不良少年，但在這方面可是按部就班型！我本來就對騷貨很感冒……再說，我想好好珍惜都小姐……」

聽完大和的純情告白，佑真深刻地反省。原來大和的內在跟他的外表相反，喜歡的是千金小姐類型嗎？

「是、是喔……總之，這天前後我們都不在家，你就安慰一下傷心的都姊吧。」

佑真告訴大和眾人不在家的日期，鼓勵他要好好表現。

將購買的蔬菜紙箱搬進廚房時，佑真與面露鬱色的都錯身而過。佑真告訴都，大和正在外面等她，但她沒有回應。

（要不要緊啊？）

儘管擔心那兩個人，佑真也不忘勤奮地做好自己的工作。今天深夜會有團體客來住宿，因此必須先做好餐點的前置準備。颯馬則由蓮幫忙照顧。體力不錯的蓮總是背著颯馬，邊顧孩子邊工作，佑真因此落得輕鬆。

廚房裡擺著陳列調理器具的架子，以及營業用冷藏庫與冷凍庫、工作檯。餐具櫃裡疊放著許多種類的盤子，很有旅館的樣子。佑真剛來這間旅館時，廚房髒到甚至有蟲冒出來，經過改善後如今已變得很乾淨了。

「話說回來，數量還真多呢。」

佑真一面將蘋果切成薄片，一面向岡山搭話。岡山正在分切大塊牛肉。準備五十份晚餐與甜點，是佑真與岡山今日的工作。難道客人有五十位嗎？這間旅館雖然不小，但並非住得下五十名客人的大旅館。再說二樓的宴會廳能夠容納五十名客人嗎？

「是啊，記得女將說過，客人的體型好像沒那麼大。」

岡山一副想起來的樣子這麼說。原來是嬌小的妖怪啊，佑真恍然大悟，接著將大量的蜂蜜倒在蘋果上。妖怪似乎有各種不同的體型，因此每天的工作量都不同，有時輕鬆，有時累人。據說這間一天只容一組客人入住的旅館，對妖怪而言是非常有效的溫泉療養勝地。

『給我點心。』

工作時有個約莫七、八歲，穿著紅色和服的女孩邁著碎步靠過來，佑真他們稱呼祂為「童童」。童童有著妹妹頭與圓滾滾的大眼睛，據說祂其實是座敷童子。童童很喜歡佑真做的甜點，後來便經常黏在佑真身邊。偶爾回娘家時祂也會跟去，不過這孩子若不在這裡，溫泉就會停止出水，所以女將拜託佑真務必殷勤善待祂。

「等我一下。」

佑真從冷藏庫拿出昨晚做好的布丁，放上淋了蜂蜜的蘋果與藍莓、草莓，再擠上生奶油。

「請用，這是山寨版布丁百匯。」

將盛裝在玻璃器皿的布丁端出去，座敷童子便開心地到房間角落吃起來。布丁是不敗的熱門甜點。不光是座敷童子，人見家的每個人也都很喜歡。

「座敷童子在這裡嗎？真羨慕啊，我也好想看看祂一眼。」

岡山在這裡工作多年，但聽說他從來不曾看過妖怪或靈異現象。雖然岡山不想遇到恐怖的事物，不過座敷童子是繁榮的象徵，所以他才想瞻仰祂的樣貌。

「佑真，颯馬可以麻煩你一下嗎？」

工作告一段落時，蓮來到廚房，將背在背上的颯馬交給佑真。颯馬一離開蓮就開始哭，當佑真以嬰兒背帶將他抱在胸前時就不哭了。

「颯馬真敏感耶……」

佑真擔心一感受不到人的溫度就會哭的颯馬，深有感觸地說。這孩子的臉蛋確實漂亮，但心靈如此軟弱，真讓人憂心他的未來。

「有什麼辦法呢。畢竟他還是小孩子，應該是知道這裡屬於幽玄之境吧？」

蓮疼愛地摸著颯馬的頭。

「對了，昨晚沒能提起蓋別屋的事呢。」

蓮一副突然想起來的樣子說道，垂下肩膀嘆了口氣。

沒錯，其實昨天除了百日參拜外，他們還有一件事想跟女將及都商量。目前佑真與蓮並沒有自己的夫妻房，只能互相往對方的房間跑。再加上颯馬也出生了，一家人住在旅館裡感覺很局促，所以他們想另外蓋一棟房子。不知該不該說是幸運，人見家是大地主，這一帶的山都是他們家的。反正有多餘的土地，而且也是為了將來著想，他們打算在旅館附近蓋一棟別屋。

「不如回娘家的時候再提提看吧？總之只要女將同意就行了吧？」

蓮的父親已去世，所以土地應該是登記在女將名下。畢竟房子想蓋在旅館旁邊，佑真認為女將應該不會反對才是……

「也是，到時候再找機會說吧。」

蓮也點頭同意，然後就回去工作了。蓮離開後颯馬便有些鬧脾氣，不過搖著搖著他就睡著了。在這裡的生活大致上都很順遂，但小問題好像越積越多。

佑真想著未來的事，努力製作甜點。

◆2 使者來臨

二月的最後一天，佑真一行人踏上橫濱的土地。

同行的女將穿著深藍色漸層和服，搭配金色腰帶，站在她旁邊的蓮則一身俐落的西裝。佑真同樣穿西裝，但在這對美形母子面前，他身上的服裝怎麼看都像是運動服。身穿西裝的蓮果然很美。真希望他能允許自己拿智慧型手機連拍。

「等你們好久啦。」

敲了敲闊別已久的娘家大門，全家人都到玄關迎接佑真他們。身材細瘦又駝背的爸爸、體態豐腴的媽媽，以及就讀大學的妹妹，無論哪張臉看起來都不美也不醜，全是不會讓人留下深刻印象的長相。佑真一家人都遺傳了平凡基因。

「颯馬，我是外婆喔。你長大了呢。」

媽媽從放下行李的佑真手中搶走颯馬，喜孜孜地抱著他。爸爸也露出痴迷的表情對著颯馬說話，看上去既高興又心滿意足。

「感謝你們遠道而來。搭飛機很累吧？」

爸爸面帶笑容與女將寒暄，端茶過來請眾人喝。蓮則問候妹妹：「好久不見，過得還好嗎？」結果妹妹滿臉通紅，激動地直嚷著：「帥哥威力真強！」

擱下行李箱歇一會兒，雙親訂的外賣壽司就送來了，於是眾人圍著颯馬舉行初食儀式，祈求他一生不愁吃喝。他們在方形厚紙上留下颯馬的小手印與小腳印，並且在豪華的餐點前合影留念，氣氛和樂融融。百日參拜定在明天進行，今晚蓮與女將住在附近的旅館，只有佑真與颯馬一起留在娘家。其實佑真本來打算讓蓮在這裡過夜，但女將一個人住旅館感覺很可憐，遂體貼地請蓮陪她。

「颯馬真是個愛哭鬼呢。」

吃完晚餐後蓮與女將便前往旅館，這時颯馬一如往常哭了起來。先前他在機艙內哭鬧時同樣令佑真感到絕望，也許這孩子真的對環境氣氛很敏感。幸好佑真的爸媽輪流抱著哄颯馬，總算讓他停止哭泣，不過到底該怎麼做才能讓這孩子變得堅強一點呢？

「你在那邊過得如何？看你跟婆婆好像處得不錯，但我還是會擔心……畢竟我也沒想到你會嫁進別人家當媳婦。」

媽媽讓颯馬躺在坐墊上，語帶憂慮地問。客廳裡只有許久不見的家人，佑真坐進備感懷念的暖桌裡。「七星莊」沒有暖桌。女將的房間裡好像有，但他當然不可能專程為了暖桌跑去女將房間。

「我應該沒什麼問題啦。反倒是蓮的姊姊最近引爆了家庭戰爭，所以家裡氣氛可能不算好。」

佑真從桌上的籃子拿起一顆橘子。

「蓮哥的姊姊就是那位大美女吧？出了什麼事嗎？」

妹妹興致勃勃地問。佑真便說，都要跟年紀比她小的男人結婚卻遭到反對，家人聽了一致表示無法諒解這種事。佑真終究還是不敢告訴家人，蓮家是妖怪旅館，附近居民都很怕他們。說到底，佑真的家人對妖怪之類的東西缺乏接受力。他們不僅對靈異節目不感興趣，也沒人會看恐怖片或恐怖漫畫。就算告訴他們蓮家是專做妖怪生意的旅館，他們鐵定也不會相信吧？

（明明這裡就有一隻呢。）

佑真剝著橘子，若無其事地遞了一片給乖乖坐在旁邊的座敷童子。座敷童子收下佑真遞來的橘子，津津有味地嚼著。颯馬偶爾會往座敷童子這邊瞧，看樣子這孩子也看得到祂。

「話說回來，這孩子的臉蛋真漂亮啊。將來一定是個帥哥吧。」

爸爸一直在跟颯馬玩遮臉躲貓貓。佑真聽著小孩子的笑聲，打了個大呵欠。

翌日，佑真一家人與蓮及女將會合，搭車前往寒川神社進行百日參拜。由於爸爸的車最多只能載五名成人，妹妹便留下來看家。

寒川神社為相模國一宮，是擁有一千六百年歷史的八方除神社，能消除八方災厄。佑真他們也是從小就常來這裡參拜。一月過新年時來這裡祈福禱告的人很多，每次都要花很多時間與精力，不過今天是二月的最後一天，他們沒等多久就能接受祈福。雖然娘家附近也有其他神社，不過佑真比較喜歡這間神社，因為這裡是等級最高的一宮，不僅規模很大，給人的印象也很好。

佑真他們穿過鳥居沿著參道而行，然後從右邊的客殿進入建築物。辦好手續後，到二樓的等候室等待，聽到廣播呼叫便前往正殿。接受祈福的人要穿上白色無袖外套，坐在正殿的椅子上。等了一會兒，身穿抹茶色狩衣的神主現身，開始祈福儀式。

「颯馬心情很好呢。」

將颯馬抱在腿上的蓮微笑道。本來擔心愛哭鬼颯馬會在進行祈福儀式的期間哭出來，結果他不知道在開心什麼，一直咯咯笑。

「對了，既然你從小就看得見妖怪，那你也看得見神明嗎？」

佑真突然感到好奇而提出這個問題，蓮聽了面露苦笑。

「不，我完全看不見那類事物。頂多是……隱約感覺得到吧。」

「是喔，原來是這樣。」

佑真失望地面向前方。虧他還期待，如果看得見神明，就可以直接向祂訴說願望了。佑真心想自己好歹也看過那麼多妖怪，不曉得能不能在這裡看見什麼，於是試著凝神細看，但他同樣看不見任何非人之物。

「奇怪，座敷童子也不在耶。」

黏著佑真的座敷童子，在他們進入神社後就消失不見了。難道是因為座敷童子歸類為妖怪，所以不能進入神社嗎？

祈福儀式結束後，佑真他們帶著開朗愉快的心情領取神符與供品，離開正殿來到戶外。佑真為了今天特地帶單眼相機過來，拍了許多蓮抱著颯馬的相片。颯馬穿著有蕾絲的可愛服裝，看上去真的就像天使一樣。身穿西裝的蓮抱著颯馬的畫面，令人聯想到聖母憐子像。佑真自言自語地說想把相片放大裱褙，蓮一聽臉都綠了，忍不住小聲咕噥：「到時候我一定會毀掉相片。」

「對了，我們去求籤吧。」

看到販售護身符的授與所擺著籤箱，佑真面帶笑容這麼提議。蓮也點頭贊成，掏出錢包。女將與佑真的爸媽則在一旁稱讚颯馬很了不起，沒在祈福的時候哭鬧。佑真把錢投進去後，從籤箱隨便抓出一張籤打開來察看。

「咦！凶？」

佑真忍不住大叫。沒想到居然是凶。從懂事時起他就一直在這裡求籤，但從來不曾抽到凶。他甚至以為裡面沒有「凶」籤。

「哎唷，討厭，真是稀奇耶。」

看到佑真握著籤僵在原地，媽媽吃驚地睜圓了眼睛。

「咦！我也是？」

蓮不知所措的驚呼聲，傳入了愣怔的佑真耳裡。轉頭一看，蓮也驚訝地握著籤。佑真探頭察看，籤上同樣寫著「凶」字，看得他表情僵硬。籤文當然完全不同，但他沒想到居然連伴侶都抽到凶。

「喂喂喂，要不要緊啊？會不會發生什麼不妙的事？」

看到佑真與蓮都抽到「凶」籤，爸爸也露出憂慮的神情。之前都以為不存在的凶，竟然接連出現。

「凡事須謹慎……注意訪客……」

蓮念著籤文，情緒頗為低落。

「哎、哎呀，也許神明是在提醒我們要當心……」

佑真硬擠出笑臉，急急忙忙將籤綁在繫籤處。蓮也滿面愁容地綁著籤。

「有股不祥的預感哪……」

聽到蓮喃喃自語，佑真莫名不安起來。回程的飛機沒問題吧？

雖然佑真很想繼續陪伴家人，但今天得搭飛機趕回去，於是爸爸開車送佑真他們到羽田機場。因為這次帶著颯馬出門，有人開車送他們到機場真是省事多了。擔任課長的爸爸工作似乎很辛苦，每天都覺得胃痛。女將聽了便親切地說：「退休之後隨時都可以來我們這邊展開職涯第二春喔。」害得佑真差點將正在喝的果汁噴出來。

車子在下午三點左右抵達機場，最後眾人一起吃頓飯，佑真他們便與爸媽道別。由於接下來會有一陣子見不到颯馬，爸媽看起來都很難過。如果住得更近一點，就能讓他們經常見到孫子了。

回程的飛機沒碰上佑真討厭的晴空亂流，順利抵達高知龍馬機場。颯馬一直在睡覺，因此也沒打擾到其他乘客。雖然抽到「凶」籤讓佑真很擔心，不過空服員都很親切，而且還在機場收到送給寶寶的玩具，遇到的好事反而比較多。

「開車開累了就說一聲，換我來開。」

佑真先鑽進蓮停在機場停車場的四輪驅動車，讓颯馬坐在嬰兒安全座椅上並繫好安全帶，然後回到副駕駛座上，體貼地對蓮這麼說。

「嗯，沒問題。」

坐在駕駛座上的蓮挽起袖子答道。很想照顧颯馬的女將則坐進後座，一行人準備回家。從機場回到「七星莊」，得經過一段四個半小時的長途駕駛。雖然佑真提議中途換他開車，不過他希望盡量在足夠寬敞的柏油路上換手。畢竟旅館附近的道路寬度只容這輛大車勉強通行，而且處處是險地，只要有任何一點閃失就會一個倒栽蔥墜落山崖。已經開習慣的蓮是沒問題，但對平常不開車的佑真而言卻是一條非常難開的險路。

「對了，女將，其實有件事我們之前就想跟妳商量。」

在回程的車上，佑真邊向蓮使眼色，邊對坐在後座的女將提起話頭。本來應該改口稱她為媽媽，但佑真仍舊稱她為女將。女將也同意他這麼叫。

「什麼事？」

女將一臉愛睏地打了個呵欠，冷淡地回應。

「是這樣的，我們想蓋一棟新房子。」

佑真緩慢地轉向後方這麼說。蓮也握著方向盤，留意女將的反應。

「畢竟颯馬也會長大——」

「不行。」

正要說的話被打斷，佑真與蓮四目相對。女將抱著胳膊，板起臉孔。

「啊，請別擔心，我們是想蓋在『七星莊』的旁邊，絕對不是要蓋在遠處。」

「不行就是不行！先不說蓮，你要是不在，溫泉又有可能停止出水不是嗎！我哪敢冒這種險！」

見女將激動地拒絕，佑真頓時啞口無言。之前佑真跑回娘家時，座敷童子也一起跟了過去，導致溫泉停止出水。這件事似乎給女將造成了心理陰影。

「如果蓋在旅館旁邊，一定沒問題啦。」

得設法讓女將改變心意才行，佑真趕緊掛保證。

「就是啊。我和佑真現在只能往彼此的房間跑，有夠麻煩的。以後颯馬長大了，現在的格局住起來絕對會很擠。反正又不是叫妳出錢，妳就不能答應我們嗎？」

蓮也強勢地這麼說。就算女將不答應，其實也沒有任何強制力。他們只是為了能安心地進行工程，才想先徵得女將的同意。

「不要不要我不要！陪颯馬睡覺的時候我可是很幸福呢！你們怎麼能這樣狠心對待以單親媽媽身分努力走過來的我！如果嫌擠，不是還有空的員工房間嗎！假如還是覺得擠，你們去住我那死去老公的房間不就好了嗎！」

見女將頑固地拒絕，佑真什麼話也說不出來。她說的死去老公，是指蓮的父親吧。女將房間的隔壁就是已故公公的房間，佑真不曾踏進去過。

「看來今天沒辦法說服她呢。」

蓮小聲說。佑真也點頭認同，決定結束這個話題。車內瀰漫著沉重的氣氛，於是他打開車內收音機，播放輕快的歌曲。颯馬察覺大人們起了點爭執，一副快哭出來的樣子，後來是靠女將的安撫與熱門兒歌才勉強撐住沒哭。

蓮中途都沒跟佑真換手，一路開回旅館。蓮自己也很累，卻沒打算麻煩佑真，這份包容力很令佑真感動。他滔滔不絕地向蓮表達感謝之情，好好地慰勞蓮一番。途中颯馬哭了幾次，這種時候佑真與女將就會暫且休兵分工合作，而颯馬只要餵了牛奶就會安靜下來。撇開半路停車換尿布不談的話，大部分的時間颯馬都很乖巧。

「哎唷——真的好累啊。」

坐在後座的女將一下車，便拉直雙臂伸展肩背，發出喀啦啪啦的聲響。夜已深了，通往旅館的小路兩旁燈籠散發著亮光。察看手錶發現已經十一點半了。明天也有預約客，今晚得早點休息才行。

「今天停這裡喔。」

蓮把車停在停車場後這麼說。「七星莊」有車庫，以及位在旅館旁邊鋪著砂礫的停車場。為防萬一，停車場設置了圍欄，不過由於客人都是妖怪不會開車，停在這裡的全是來到「七星莊」的業者所駕駛的車。每次使用車庫時都得打開鐵捲門，因此沒下雨的日子蓮常會把車停在停車場。

這時佑真突然發現，那裡停了一輛黑色跑車。旅館原本有這種車嗎？

佑真以嬰兒背帶將颯馬抱在胸前，蓮幫他拖行李箱。女將則背著一個肩背包快步往前走。

「奇怪？妳之前上哪兒去了？」

走到一半，佑真才注意到座敷童子不知何時走在自己旁邊。

『有客人來了。』

不知怎的，座敷童子神情不安地看向旅館。

「客人？」

佑真這麼回問，蓮轉頭瞄了一眼停車場。

「會不會是大和先生來了？剛才看到停車場多了一輛車子。」

「是啊，那輛車是大和先生的嗎？這麼說……」

他與都現在……想到這兒，佑真與蓮面面相覷。居然待到這麼晚，他該不會以為佑真他們明天才回來吧？

「慘了，媽先回去了。」

女將早已抵達旅館，唰啦一聲拉開正門的拉門。「七星莊」也有員工專用的出入口，不過從正門進去的話離女將的房間比較近。

「得趁女將還沒發現之前幫助大和先生逃跑！」

佑真也著急地加快腳步。女將與都之間的氣氛本來就很差了，要是讓女將發現都趁她不在時帶男人回家，大和的立場會變得更糟。

「萬一他們正在第一次親熱該怎麼辦！」

想到大和與都至今還停留在接吻階段，佑真忍不住紅著臉在蓮的耳邊這麼說。蓮似乎不願去想像姊姊的那種畫面，一直捂著耳朵。

「……！」

拉開格子門的女將僵在原地。大和與都該不會在正門口等著他們吧？佑真與蓮也趕了過去。

結果出現在那裡的是，令人意外的景象。

一雙木屐整齊地擺在正門那塊寬敞的玄關水泥地上，都與大和坐在玄關大廳右後方那張L形沙發上。兩人的對面，坐著一名身穿黑色漢服的陌生訪客。一看到那顆有著斑點的紅棕色腦袋，佑真的心裡立刻冒出不祥的預感，果不其然，轉過來看向他們的是有著四隻眼睛的狗頭。

「你、你們……回來啦。」

都帶著沉痛的表情，以細如蚊蚋的聲音向佑真他們打招呼。坐在她旁邊的大和汗如雨下，臉色蒼白。這也難怪，因為他的眼前坐著一位身穿黑色漢服，外表看起來相當不可思議的狗頭人。平常沒接觸這類事物的大和並未嚇昏，光是這樣就很了不起了。

「咦，呃……您是……」

女將的包包掉落在玄關水泥地上，身體猛烈地發抖。佑真偷偷看向蓮，發現蓮同樣表情僵硬。今天應該沒有客人才對呀？

『久違了，女將。』

狗頭人開口說出流暢的日語，大和一副就快口吐白沫的樣子。就連已經習以為常的佑真，也被狗頭人的存在感給壓倒。雖然搞不太清楚狀況，狗頭人的氣質與平時上門的客人截然不同。若要比喻的話，感覺就像是黑道老大，或是有權有勢老奸巨猾的重要人物來了。對方散發的氣勢讓佑真強烈感受到祂不是泛泛之輩。

「非、非常抱歉。如果知道您要來，我們就不會出門了。」

女將立即打直背脊，撿起掉在地上的包包，然後優雅地脫掉鞋子踏上玄關大廳。從女將的態度來推測，對方應該是地位相當高的大妖怪。佑真不知所措地東張西望，蓮握住他的手，隨著女將走進玄關大廳。平常蓮都叫佑真不用接待妖怪，看來這位客人不一樣。

「我們現在就去準備……」

女將說要準備茶水之類的飲料，狗頭人便慢條斯理地搖頭。意思是不需要飲料吧。

（從女將、蓮與都姊的態度可以看出，對方是不好惹的客人……到底有什麼事呢？）

佑真悠哉地暗想，蓮牽著他的手一起坐到沙發上。佑真他們圍著茶几，面向狗頭人。大和發現佑真來了，便擺著快哭出來的表情向他求救。佑真隱約明白情況了。多半是因為這位狗頭人訪客來了，大和他們才會處於無法動彈的狀態吧。第一次面對妖怪的大和嘴裡不斷嘀咕著：「這是夢……是夢，既然是夢就快點醒來！」

「那麼……請問您這次來訪有什麼事嗎？」

蓮握著佑真的手開口問道。颯馬正靠在佑真的胸口上睡覺。

『我乃冥神的使者，名叫薩巴拉。』

狗頭人注視著佑真，字正腔圓地自我介紹。冥神……聽到這個詞，佑真思索片刻。祂是冥界神明的使者……？話說回來，狗頭人有四隻眼睛，而且每隻眼睛都看著不同的方向，害佑真不由得走神。

「佑真，祂是閻魔大王的使者啦。」

蓮小聲說明。

「閻魔大王的使者！」

佑真忍不住興奮地複述一次。眾人皆以異樣的眼神看他，不過這也難怪，因為他一得知傳說中的閻魔大王真的存在就突然激動起來。

『冥神……不，用閻羅王這個稱謂比較好吧。閻羅王很生氣。』

自稱薩巴拉的狗頭人瞪著銳利的四隻眼睛這麼說。女將與蓮登時臉色發青，都則靠向大和作勢保護他。

『蓮，你結婚時怎麼連招呼都不打一聲。而且連孩子都生了。只記得知會陽間的神，卻沒向閻羅王報告，實在有失禮節，難以原諒。』

薩巴拉嚴厲地盯著佑真他們，如此說道。那四隻眼睛的焦點，突然集中在佑真與颯馬身上。

（哈哈，意思是「你們也要來我這邊打聲招呼」嗎？）

因為閻魔大王的使者來了，佑真還以為有什麼大事，這下他總算搞懂狀況了。話說回來，對方連他們已帶小孩到神社進行初次參拜的事都曉得嗎？不愧是冥界的神明。

「這……對不起。我原本就打算找一天前去報告，但孩子還小，佑真又是第一次去，我擔心路上會有什麼狀況……」

蓮萬般無奈地解釋。話雖如此，對方要他們過去打招呼，但冥界不是死後才去得了的地方嗎？

『關於這點閻羅王也有所考量。為了避免途中遭遇阻礙，我們會護送你們過去。這樣就沒問題了。』

薩巴拉這麼告訴蓮與女將。那四隻眼睛再度看向不同的地方，看得佑真實在很難專心。

『那麼，一週之後我們會來接你們，麻煩先做好準備。同行者為蓮與他的妻小，可以吧。』

薩巴拉看向沉默不語的女將與蓮，嚴肅地說完便準備從沙發起身。

「等一下——！」

佑真連忙扯開嗓門大叫，同時站了起來。薩巴拉吃驚地睜大眼睛，蓮與女將、都與大和也嚇得往後仰。佑真為忍不住大叫的自己感到丟臉，於是乾咳一聲。

「連個詳細說明都沒有，這樣教人很難接受。再說我家孩子還不滿一歲耶！您一來就叫我們去跟閻魔大王打聲招呼，未免太突然了吧！況且要怎麼去？這趟路危險嗎？要停留多久？還有往返路線等等，如果不知道詳情哪能出門旅行啊！而且對方又是冥界的神明，您該不會叫我們去死再到那個世界吧？話說回來，既然使者都能來這裡了，閻魔大王自己過來不就好了嗎！」

佑真如連珠炮般一句接著一句，聽得薩巴拉目瞪口呆定格在原地。坐在旁邊的蓮先是嚇傻，隨後噗哧一聲不斷抖著肩膀。畢竟兩人之前都是從事旅遊業，他應該能夠明白佑真的訴求才對。

『多、多麼放肆……你是叫閻羅王親自過來嗎？』

薩巴拉氣得炸毛，齜牙咧嘴。颯馬立刻哇哇大哭起來，氣氛顯得劍拔弩張。

「畢竟對方是地位崇高的大人物，我不會提出那種無理的要求。我剛才的意思是，既然要我們過去就得說明清楚，不然我們會很困擾。麻煩您至少準備一份行前指南。首先，連要花多少時間都不清楚，我們家又是開旅館的，您突然這麼要求，我們實在沒辦法立刻點頭答應。剛才也說過很多次了，颯馬還這麼小，若要長途旅行就得仔細考慮才行。」

佑真哄著颯馬，冷靜下來這麼回答，薩巴拉聽完便發出「嘎嚕嚕」的狗叫聲。看來雖然外表像妖怪，本質上還是跟狗沒兩樣。

「那個……不好意思。佑真是那種不懂就一定要問清楚的人，所以希望您盡可能回答他的問題。」

蓮始終一副憋笑的表情，對薩巴拉這麼說。薩巴拉齜牙咧嘴一陣子後，大概是終於無奈地投降了吧，祂坐回沙發上交抱著手臂。

『知道了，我就回答你的問題吧。』

薩巴拉瞇起四隻眼睛這麼說。佑真也放下心來安撫颯馬。

「謝謝您。那麼第一個問題是，打招呼是什麼意思？我是有聽說，蓮他們一家人不會被妖怪攻擊，是因為跟閻魔大王立下了約定。」

『哼，這乃是閻羅王的慈悲。為了讓這間旅館經營順遂，閻羅王會給人見家的人打上印記。只要有那個印記，就不會遭到妖怪襲擊或是被妖怪吃掉。你就為閻羅王的體貼好好地感激涕零吧。』

薩巴拉十分神氣地說明。簡而言之，對方的意思就是要他們去取得那個印記嗎？

「原來如此，我明白了。那麼這趟旅行要花幾天呢？假如得外出很長一段時間，我們就必須請您們補貼停業的損失了。」

雖然擔心對方會覺得自己厚臉皮，佑真仍舊鼓起勇氣說出口。女將、蓮、都與大和全用半是驚呆半是尊敬的眼神看著他。

『不必擔心，妖怪鄉與這邊的世界時間概念不同。往返閻羅王的寓所大約要花兩週的時間，不過對這邊的世界而言頂多才過了兩天左右吧。』

薩巴拉露出得意的笑容，佑真也睜大雙眼驚呼一聲。只花兩天的話，就算他們不在家也沒問題吧。撇開這點不談，聽說妖怪鄉是一個很危險的地方，之前蓮曾去那裡尋找把佑真變成Ω的妖怪。

「既然是為期兩週的旅行，食宿要怎麼辦？聽說那裡是很危險的地方，護送我們的護衛有幾名呢？另外，兩週份的尿布、奶粉、衣服等必需品分量可不少，到時候可以幫我們運送行李嗎？還有，我們是徒步還是搭車？」

『食宿不用擔心。到時候由我們薩拉瑪之子負責護送你們。完全不必擔心尿布與奶粉的事，基本上是徒步過去。還有什麼問題？』

薩巴拉擺出不耐煩的態度問道，佑真板著臉回望著祂。徒步啊，要徒步兩個星期啊。雖然佑真對自己的腰腿有信心，但要抱著颯馬走那麼多天的路仍舊很吃力。

「難道就沒有牛車之類的交通工具嗎？喏，牛車在繪卷裡不是很常見嗎……」

佑真半瞇著眼盯著薩巴拉問道，祂傻眼地嘆了口氣。

『只有高貴的大人物才能乘坐牛車，像你這種普通人哪有資格坐。如果沒問題了……』

薩巴拉再度起身，佑真立即大喊「慢著！」，第二次攔住祂。薩巴拉俯視著佑真，臉上寫滿了厭惡。佑真瞄了大和一眼。起初大和一副快要昏厥的模樣，後來大概是佑真的態度化解了他的緊張情緒吧，儘管內心不知所措，他仍死命維持著坐姿。

「請問，我們可以帶這位大和先生一起去嗎？」

佑真鼓起勇氣試著問道。蓮、都與女將全轉頭看向佑真。薩巴拉也一副無法理解的表情默不作聲。

「將來他有可能跟都姊結婚。既然如此，他能不能趁現在去取得那個什麼印記呢？」

佑真指著大和對薩巴拉這麼說，那四隻眼睛銳利地盯著大和。

「咿！」

大和立刻縮起身子，臉色鐵青地用雙手護住自己的身體。

「你在胡說什麼！我還沒同意他們交往呢！」

女將驚慌失措地說，蓮按住她的肩膀。

「大和先生……」

都眼泛淚光看著大和。

『我沒聽說這個人的事，待我請示閻羅王後再回答你。保險起見，下次見面時麻煩這男人也要在場。集合時間就定在申時。那麼，我可以告辭了吧。』

薩巴拉立刻離開沙發，免得佑真又把祂攔下來。女將見狀馬上到門口送行，佑真他們也在她之後向薩巴拉鞠躬行禮。

『真是的……膽子還真大哪，怪不得敢嫁給蓮當媳婦兒。』

臨走之際，薩巴拉看向佑真，似乎笑了一下。薩巴拉往山的那一頭邁開步伐。那裡不知何時起了霧，一轉眼薩巴拉的身影就消失不見了。

佑真長吐一口氣垂下肩膀，這時後方傳來吼叫聲。

「那是什麼！那是什麼！剛剛那個……！剛剛那個是……！」

可能是薩巴拉消失後精神不再緊繃的緣故，大和大呼小叫，蜷縮在玄關大廳的觀葉植物旁邊。佑真他們一靠近，大和就直嚷著「怪物，有怪物……！」，抱著都不放。

「是說，為什麼你們都那麼冷靜！還有小哥，你居然能泰然自若地跟那麼恐怖的怪物爭論！原來這裡真的是鬼屋啊！」

大和指著佑真，眼眶泛著淚水。看來第一次遇到妖怪，讓他陷入了恐慌。

「大和先生，這裡是妖怪專用旅館啦。我看你似乎很驚慌，不過別擔心。我第一次見到妖怪時可是嚇暈了過去，但是你撐住了。你很有潛力喔！」

佑真豎起大拇指面帶笑容這麼說，大和無言以對，一屁股跌坐在地毯上。

「話說回來，佑真你真的好勇敢喔。我還是頭一次見到，有人敢對那隻地獄守門犬據理力爭。一個弄不好的話有可能會被祂咬成碎屑耶。」

蓮鬆了一口氣，緊緊抱住佑真。居然稱祂為地獄守門犬，原來薩巴拉有那麼可怕的稱號啊？祂是像塞伯拉斯那樣的怪物嗎？

「沒想到那邊會派使者過來。雖說我之前就在考慮，日後得找一天帶佑真與颯馬去取得印記。」

「剛剛真讓人捏一把冷汗。唉……嚇死我了。既然事情演變成這樣，那就沒辦法了。你們做好準備，一週後出發吧。」

蓮與女將一臉認真地討論起來。不知道是不是氣眾人將自己晾在一邊，大和搖搖晃晃地站起來，鐵青著臉準備走出去。

「慢著，發財車小哥。」

女將用尖銳的聲音，叫住穿上鞋子的大和。大和害怕地轉過頭，都趕緊介入兩人之間。佑真嘗試提醒女將「他叫大和啦」，但女將似乎不想叫他的名字。

「我明白你正因為突然見到妖怪而驚慌失措，不過一週之後請你務必來這裡，因為已經跟薩巴拉大人約好了。雖然你要不要去妖怪鄉是由對方決定，如果你是真心想與都組成家庭就記得過來。」

女將以犀利的目光盯著大和。大和打直背脊，表情僵硬地注視著都。

「大和先生……」

都淚眼汪汪地回望大和。

大和一語不發地低著頭，從敞開的格子門邁步走向停車場。都追著他跑了出去。

現在就提議讓大和同行或許為時尚早。不過佑真認為，假如將來都與大和結婚了，到時候同樣得去取得印記才行，既然這樣不如這次讓他隨行，好歹還有佑真這個普通人可以作伴。此外，佑真心裡還有另一個盤算。

「女將，如果大和先生能跟我們一起去，而且還順利取得印記，妳會認可他吧？」

佑真這麼問一副苦惱樣的女將。對女將而言這間旅館非常重要。因此，如果大和能得到閻魔大王的印記，她應該就不得不認可大和了。

「這個嘛……如果他拿得到的話。」

女將面露笑容這麼回答，那副表情像是在說「那小子沒辦法吧」。

「哈──今天好累，我需要療癒。颯馬～～今晚跟奶奶一起睡吧。」

女將半強迫地從佑真手中搶走颯馬，帶著他回房間。女將偶爾會主動表示想跟颯馬一起睡，也會幫忙照顧半夜哭鬧的颯馬。可能是經驗豐富的關係，女將換尿布的速度比佑真還快。

「事情變複雜了呢。不光是姊姊他們，我們的麻煩也不小。」

蓮拖著行李箱這麼說，臉頰不由得抽動幾下。佑真進入蓮的房間，打開行囊。就寢前他將行李箱裡的東西全部拿出來，再將空行李箱收到衣櫥裡。換上睡衣與蓮一起鑽進被窩裡時，他已經精疲力盡全身虛脫。

今天真是匆忙的一天。光是長途移動就夠累人了，沒想到還要面對閻魔大王派來的使者。雖然身體相當疲累，但不知怎的頭腦卻很清醒，遲遲無法入睡。

躺在旁邊的蓮似乎同樣因為緊張而睡不著。去過妖怪鄉幾次的蓮，應該很擔心佑真與颯馬吧。

「我問你喔，妖怪鄉是怎樣的感覺？」

「感覺就像鄉下。只不過住在那裡的是妖怪，景色看起來跟這邊一樣。其實，我去見閻魔大王那時才一歲，對那個地方沒什麼印象了。唉……雖說有護衛護送應該沒問題，但我好擔心你啊……」

蓮望著天花板，喃喃說道。

「咦？我比颯馬更讓你擔心嗎？」

佑真感到意外而反問，蓮嘆了口氣。因為蓮很疼孩子，佑真還以為他是在擔心颯馬。

「因為你很惹妖怪喜歡，這讓我非常不安。再加上你的行動又常出乎我的意料……到了那裡，你可千萬別做出危險的舉動喔。」

蓮露出認真的眼神低語，佑真頓時胸口一緊，靠了過去。自己明明很累，但蓋著同一條棉被聞著對方的氣味，卻逐漸興起蠢蠢欲動的感覺。

「嗯……我會小心。」

用頭磨蹭蓮的肩膀，蓮便伸出大掌撫摸佑真的臉頰，親吻他的眼尾。佑真忍不住將嘴巴湊過去，吸住形狀優美的嘴唇。蓮的唇立即回吸佑真的唇，兩人緊貼在一塊不斷吻著彼此。

「哈……唔唔，我好喜歡你。」

佑真如痴如醉地，對著以熱情目光近距離注視自己的蓮喃喃細語。蓮那張充滿理性與知性的英俊臉龐，看得他眼睛變成了兩顆愛心。颯馬交給女將照顧了，今晚他們可以毫無顧忌地親熱。

「我也愛你。」

蓮面露微笑，原本在撫摸臉頰的那隻手，從脖子一路往下滑至鎖骨、胸口。那隻手隔著睡衣摩擦乳頭，佑真登時一顫喘了口氣。蓮在接吻的空檔玩弄他的乳頭，使得他越來越敏感。感覺得到睡衣底下的乳頭挺了起來，腰部不由自主地搖晃。這副身體已熟悉蓮的愛撫，光是刺激乳頭就讓他逐漸躁熱起來。

「佑真……你會不會太快有感覺了？」

蓮語帶挑逗地低聲說，佑真的眼周泛起紅暈。蓮品嘗著佑真的耳垂，將睡衣鈕扣一顆一顆解開。他的手指直接碰觸肌膚，彈撥挺起的乳頭。接著又以指尖輕輕敲了敲胸口，弄得佑真嬌喘連連。

「嗯……！嗯唔……！呼、哈！」

指尖玩弄兩邊的乳頭，佑真憋著氣扭動身子。一被蓮觸碰，身體就會在轉瞬間興起舒爽的感覺，反應快得像是在開玩笑。

「等等，我先、脫掉……」

在輕柔的吻與愛撫乳頭的刺激下，佑真的下身已昂首挺立。這樣下去可能會弄溼內褲，佑真便以沙啞的嗓音喊停。撐起上半身，脫掉睡衣後，蓮將佑真身上最後那件內褲扯掉。

「呀……！啊、嗯！」

蓮突然含住翹起的性器，害得佑真忍不住發出高亢的叫聲。他趕緊捂住嘴巴。雖說颯馬不在這裡，要是自己叫得太大聲，還是會被其他家人聽見。蓮露出挑逗的眼神，以舌勾繞佑真的性器，並且上下滑動。直接的刺激令佑真氣喘吁吁，他捏住蓮的耳垂。

「我也來幫你。」

佑真小聲提議，但蓮沒有回答，繼續吸吮佑真的性器前端。他的舌頭一再挖著前端的小孔，促使佑真的腰肢擅自擺動起來。

（啊，不妙了。）

佑真發覺後庭逐漸熱了起來，腳趾在床單上撓著。變成Ω後的困擾就是，一感到亢奮，體內的甬道便會分泌愛液而變得溼淋淋。不知不覺間，產生興奮反應的地方，從性器變成了體內。

「蓮……嗚嗚，別再弄那邊了。」

佑真忸忸怩怩地對含著他的蓮輕聲央求，蓮移開嘴巴舔了舔泛著水光的脣。佑真覺得這副模樣很性感，不由得雙頰泛紅。

「好性感喔……性感度爆表……我要被偶像的性感魅力擊沉了。」

佑真扭動著身子，蓮爬起來將嘴脣疊了上去。

「咿、咕唔……！」

蓮趁著接吻之際將手指插入後穴，害得佑真發出跟性感沾不上邊的叫聲。蓮的手指埋進深處抽送，製造出咕啾咕啾的猥褻聲響。

「已經這麼溼了嗎……？」

蓮吐著氣用撩人的嗓音這麼說，佑真滿臉通紅地抱住他。蓮一面在耳邊呢喃細語一面搗鼓著後庭，佑真的呼吸越漸急促紊亂。自己的後庭所發出的水聲迴盪在黑暗中，實在讓他害羞得不得了。

「好、舒服……！蓮，我快、叫出來了……！」

每當蓮增加手指翻攪著內部，佑真的聲音就會變得高亢尖細，眼神也變得迷濛恍惚。他以不靈活的手指脫掉蓮上半身的睡衣，然後把臉埋到厚實的胸肌上。

「嗯，你的腰一直在抖動呢。」

蓮動著埋在裡面的手指笑道。指尖用力按壓前列腺，佑真的腰肢登時猛力彈起。

「啊……！咿、哈……！嗯嗯嗯……！」

他很想盡情喊出來，但要是給女將與都聽到，明天面對她們時會很尷尬。佑真死命憋住聲音，並且踢開棉被。

「好了啦，快點進來……壓上來填滿我。」

佑真喘著氣說，蓮勾起脣角抽出埋在後庭的手指。「壓上來填滿自己」是指佑真喜歡的俯臥後入式。佑真最喜歡蓮將全身的重量壓在他背上，以這種姿勢在他體內奔馳。這樣不僅能產生非常強烈的快感，身體被壓住而無法抵抗的感覺也令他興奮不已。

「等我一下。」

蓮脫掉褲子，然後從房內櫃子的抽屜裡，拿了幾個保險套過來。雖然佑真每次都表明可以直接射在裡面，但蓮似乎想避孕到颯馬再長得大一點為止。畢竟兩人第一次性交就懷了孩子，說不定佑真是容易受孕的體質。不過奇怪的是，發情期不知為何遲遲沒來。聽說到了發情期時，Ω的身體會出現驚人的變化，但不知是否因為後天才變成Ω的關係，目前為止佑真都沒有發情的徵兆。

「我要進去囉……」

戴上套子後，蓮緩慢地將性器推了進去。佑真趴在棉被上，等待又粗又燙的硬物進入自己體內。

「啊啊、啊……！哈、啊……！」

肉棒逐漸擴張狹窄的後穴。佑真漲紅了臉，大口喘氣。趴著做能進到深處，讓他欲罷不能。體內深處被蓮填滿，佑真眼泛水光扭動身子。

「裡面好熱喔……哈……真舒服。」

全部埋進去後，蓮朝著佑真的耳垂噴吐熾熱的氣息。他就這樣停住不動，等佑真適應，因此佑真很努力地調整呼吸。但是蓮的手指滑進床單與身體之間，按著乳頭又揉又轉，逼得他的呼吸再度急促起來。

「唔、嗚……！啊……！唔……！」

每當手指彈撥乳頭，嘴巴就會逸出嬌吟。佑真的脖頸頻頻抖動，蓮在上面留下了吻痕。在這麼醒目的地方留下吻痕，事後要遮掩很麻煩耶。

「好久沒進到你裡面了……其實我真的很想多抱抱你。」

蓮在佑真的體內緩慢地動著，並喃喃地這麼說。兩人上一次纏綿，大概是兩個星期前的事了。最近這陣子颯馬夜啼得很厲害，害得他們根本沒心思做這檔子事。要不然之前兩人只要黏在一塊就會立刻點燃慾火，保險套不管準備幾個都不夠用。

「我也是……糟糕，快達到高潮了……」

蓮分明沒動，佑真卻一抽一抽地抖動腰肢，發出泫然欲泣的聲音。只是玩弄乳頭而已，就讓他不由自主地夾緊埋在裡面的蓮。連他自己都曉得裡面一直在收縮，感覺好害羞。相連之處十分火熱，佑真忍不住逸出嬌喘。

「你要射了嗎……？我才剛進去沒多久耶……？」

蓮挖苦似地往乳頭用力一捏，佑真忍不住倒抽口氣。他知道性器分泌出來的精液滴到床單上了。這輕微的刺激害他一下子就射了出來。

「哈……！咿……！哈啊……！」

見自己幾乎只靠愛撫乳頭就達到高潮，佑真感到害怕，胸口劇烈起伏氣喘吁吁。

「不公平哪，你已經射出來了嗎……？」

大概是感覺到裡面略微收縮的關係，蓮將舌頭探進耳殼笑著說。他輕啃飽滿的耳垂，令佑真一抽一抽地顫抖。

「對、對不……嗚嗚，好舒服喔……」

蓮輕輕地擺動起腰部，佑真心神恍惚，逸出甜膩的聲音。蓮將手擺到佑真的臉部旁邊，緩慢地挺著腰桿。蓮的性器很硬，一旦他在裡面磨蹭，佑真怎麼也沒辦法憋住叫聲。

「啊！啊！啊！咿、啊啊啊……！」

體內遭到衝撞，使得佑真不停發出嬌吟。蓮用手捂住佑真的嘴巴，然後猛力一頂將性器埋進深處。剛剛才達到高潮而已，現在又想射了，佑真不禁流下了眼淚。

「小聲一點。牆壁很薄的。」

蓮以興奮的聲調責備道，佑真邊哭邊抖著腰肢。嘴巴被蓮的大掌捂住，更有一種令人興奮的悖德感。自己分明最討厭真正的強暴，為什麼模擬這種情境時感覺卻這麼萌呢？真是不可思議。

「咿、哈……！……嗯！……嗯！」

唾液弄髒了蓮的手，佑真全身痙攣。為了避免製造出聲響，蓮戳頂他的動作很緩慢，先是慢慢進到深處，然後再退回入口附近。這動作令佑真心急難耐，但又帶給身體強烈的酥麻感，使得他嬌喘連連。

「欸，我可以再激烈一點嗎……？」

蓮的呼吸急促起來，壓在背上的重量消失了。蓮在結合的狀態下把佑真的腰拉向自己，於是佑真呈現僅臀部高高抬起的姿勢，蓮則跪著在他的體內衝撞。

「呀、啊、啊……！」

蓮毫不留情地戳頂著內部，室內迴盪著肉體的拍打撞擊聲。蓮似乎快要射精了，他製造出激烈的聲響，侵犯佑真的體內。佑真實在憋不住，發出了高亢的叫聲。

「啊！啊啊、嗚……！啊……！」

令頭腦發麻的快感，讓佑真陷入忘我狀態洩漏出嬌聲。當蓮在體內衝刺的速度達到顛峰時，佑真感覺到他的性器在甬道裡脹大、射精了。

「唔、嗚……！哈啊……！哈啊……！」

佑真似乎在蓮衝撞他的期間不知不覺達到高潮，黏答答溼淋淋的性器抵著床單。

「嗚嗚……真的、好舒服……」

佑真精疲力盡地倒在床單上。蓮拔出性器，取下前端積著液體的保險套。

「哈啊……感覺真棒……」

佑真將帶著事後餘熱的身子疊在蓮身上，恍恍惚惚地說。床單都變得黏糊糊的了，但要更換又嫌麻煩，於是佑真決定就這樣睡吧。況且自己也突然睏了。

「嗯，你剛剛真可愛。」

蓮摩挲著佑真的背，落下熱情的吻。

「欸，下次你可以穿著西裝做嗎？」

佑真出神地看著汗涔涔的蓮，再次提出之前就一直央求他的事。身穿西裝的蓮可是宇宙第一帥。如果被那副打扮的他侵犯，鐵定會萌到翻過去。

「才不要呢。為什麼要穿著西裝做？再說如果弄髒了，要洗很麻煩耶。」

蓮似乎無法理解佑真的萌點，固執地拒絕這項要求。看來在下一次的生日到來前，這個願望是不會實現了。失望歸失望，佑真並未放棄，他懷著下次再挑戰一次的念頭依偎著蓮。大概是雙方都發洩過的緣故，佑真再也抵擋不了睡意，就這麼閉上眼睛。

雖然接到了「前往妖怪鄉」這項不可思議的任務，只要有依偎在自己身旁的這股溫暖就不用擔心了吧。佑真抱著這個樂觀的想法墜入夢鄉。

◆3 前往妖怪鄉

到了星期二的上午十點，佑真與送蔬菜過來的大和碰面。

大和在山腳下的蔬果店工作，每週二都會送蔬菜、雞蛋、水果等食材過來。雖說是蔬果店，不過這家店就類似公路休息站，只要事先訂購便會幫忙送蔬果以外的東西過來，非常方便。白色小發財車停在旅館的停車場，車斗上堆放著裝了蔬菜的紙箱。停車場與廚房後門距離很近，購買的蔬菜能夠馬上搬進去。

「早安……」

從白色小發財車上下來的大和表情陰鬱，多半是因為兩天前他在這裡遇見妖怪的緣故吧。一看到佑真的臉，大和就一副想將滿腹牢騷傾吐而出的樣子朝他逼近，不過佑真請他先把工作做完再說，接著查看車斗上的蔬菜採購食材。結完帳付完錢後，大和的怨言有如潰堤般滔滔不絕。

「那隻妖怪是怎麼回事！我真的嚇到差點尿出來！之前聽人家說這裡是鬼屋時，我都以為是惡意的謠言，沒想到事實比謠言更離譜，這也未免太扯了吧？話說回來，為什麼都小姐不先告訴我呢！假如事先做好心理準備，我應該也不至於驚嚇成那樣！還有小哥，你為什麼要連我一起算進去？我絕對不幹！別把我帶進奇怪的世界！」

大概是回去之後一個人愁悶地想了許多事吧，大和一口氣吼了出來。畢竟自己也不是不懂他的心情，在他說完之前佑真都默不作聲地聽著。等到氣喘吁吁的大和終於停下來歇口氣，佑真才慢條斯理地拍他的肩膀。

「遭遇未知事物而陷入混亂的心情我非常瞭解，總之你先冷靜下來。」

佑真抱著大和的肩膀，將他帶到發財車的背面。

「都姊沒告訴你，我猜是因為她覺得你不會相信。畢竟蓮當初也是什麼都沒說，就把我帶來這裡。就算都姊坦白說她的工作是接待妖怪，你也不會相信吧？」

佑真淡淡地說，大和那副氣憤的表情柔和了幾分。

「唔……的確是啦。」

「還有，聽說普通人是看不見妖怪的。岡山先生一直在這裡工作，但他完全看不見。你很優秀喔。你應該本來就看得見吧？」

「咦……？」

大和一副晴天霹靂的樣子陷入沉默。

沒錯，普通人似乎看不見妖怪。但是，打從一開始大和就看得到那隻名叫薩巴拉的犬妖。不過這也有可能是因為他正在跟都交往。

「呃，可是，我根本沒有靈異體質……頂多只看過ＵＦＯ或小孩鬼魂。」

大和支支吾吾地說。

「根本就有好嗎！天啊，好厲害！你看過ＵＦＯ啊？」

佑真帶著尊敬的眼神大叫，大和害臊地搔了搔頭。據大和表示，山的那一邊偶爾有不明飛行物體飛過。原來他比佑真還要厲害。

「沒問過你的意見就擅自提議帶你一起去，我覺得很抱歉。不過你仔細想一想，如果你有意與都姊結婚，日後一樣得跟那種神祕生命體打交道耶？」

佑真想拉攏大和，於是柔聲這麼勸說。

「已經決定要我入贅了嗎？」

大和害怕地抱住身體。

「我想就算不入贅，與都姊結婚以後，你還是會經常見到祂們。然後呢，聽那隻四眼犬說，我們這趟旅行的目的是取得不會遭妖怪襲擊的證書。這種外掛技能怎麼能放過？有了這項技能，你就再也不必害怕那種恐怖的妖怪囉！」

佑真熱情地解說能夠從閻魔大王那裡獲得的印記。起初大和半信半疑，心情依舊很恐懼，後來才慢慢願意聽佑真說明。

「而且女將說，如果得到印記，她就願意承認你與都姊的關係喔。反正對方都說會安排護衛了，而且還有我們作伴，你也一起去嘛。當然啦，如果你已經不想跟都姊結婚，那就另當別論了。」

女將的承諾似乎是能讓大和變得積極的關鍵。大和的態度出現了變化。

「我對都小姐的感情沒有改變……那位女將對我的態度一直以來都很冷漠，完全不願意聽我說話呢。都小姐的弟弟好像也很討厭我。」

大和露出可憐兮兮的表情，佑真往他的後背用力一拍，展露笑容。

「蓮那邊你就不用擔心了。我對你很有好感，也很希望你跟都姊能順利走下去。那麼下個星期日，你要記得來我們家喔。就算最後沒辦法跟我們同行，只要你展現出願意一試的決心，我想女將的心態也會改變的。」

與大和交談期間，佑真看到都拿著掃帚從旅館走出來。她應該是來打掃正門前面吧。

「快去跟都姊說說話吧。」

佑真往大和的背推了一把，於是大和稍微將棒球帽拉低，朝著都跑了過去。看到兩人靠近後，佑真便從廚房後門將採買的蔬菜紙箱搬進屋內。

到了星期六，佑真除了打點行裝外，還到廚房賣力製作送給閻魔大王的伴手禮。

「佑真，你在做什麼？」

蓮背著颯馬走進廚房。佑真正在製作羊羹。假如很快就能抵達目的地，不管做哪種和菓子都可以，但前往閻魔大王的寓所要花一週的時間。於是佑真將範圍縮小至耐放的和菓子，最後想到了羊羹。

羊羹大量使用了具防腐效果的砂糖，因此可保存很長一段時間。其實他很想做添加栗子或番薯的蒸羊羹，但這樣一來就不耐放了，所以只好選擇用紅豆與洋菜這兩種最基本的材料製作而成的煉羊羹。

「我正在做羊羹。紅豆沙的製作可是關鍵。」

佑真邊說邊煮從昨晚泡水泡了十個小時的紅豆。他很喜歡紅豆沙，看著紅豆逐漸變得柔軟綿密，感覺很療癒。雖然去澀很費工夫，但重複幾次後，紅豆沙就會變得格外美味，所以不能省略這道程序。

「早知道就先打聽閻魔大王的喜好了。砂糖放多一點比較好嗎？還是不要太甜呢？」

佑真攪著湯桶這麼問，蓮聽了之後吃驚地往後仰。

「原來你在做送給閻魔大王的伴手禮嗎？」

看到蓮驚訝地張大了嘴巴，佑真有點疑惑。

「不好嗎？保險起見，我昨天還烤了仙貝。」

「沒有啦……我沒想到要帶伴手禮。上次去的時候，爸好像也是什麼都沒帶……」

佑真對嚇呆愣在原地的蓮擺出傻眼的表情。

「畢竟我們是受邀去拜訪閻魔大王，好歹要帶個伴手禮吧。妖怪不是都很喜歡和菓子嗎？」

「說得……也是呢。」

蓮放鬆表情，面向旁邊笑了起來。自己說了什麼好笑的話嗎？

「能夠跟你結婚真是太好了。」

聽到蓮感觸頗深地這麼說，佑真不解地歪著腦袋。

颯馬乖乖地趴在蓮的背上。他知道明天要去妖怪鄉嗎？那隻名叫薩巴拉的妖怪說不用擔心尿布與奶粉，祂打算怎麼解決這個問題呢？

「妖怪鄉是個怎樣的地方？閻魔大王的寓所果真像末代皇帝住的皇宮嗎？」

佑真懷著期待與興奮的心情這麼問蓮。

「妖怪鄉是個很可怕的地方啦。該說感覺很沉悶嗎……不過我其實記不太清楚去找閻魔大王時的情況了。之前也跟你說過，我大概是在一歲的時候跟爸一起去的。依稀記得當時自己覺得城鎮看起來閃閃發亮。」

蓮循著記憶這麼回答。

「既然往返要花兩週的時間，妖怪鄉是不是很大呀？這次要去的地方，應該跟你之前去找大章魚怪的地方不一樣吧？」

佑真歪著腦袋問，蓮輕輕搖著哭鬧起來的颯馬。

「這個嘛，我想應該很大。以前去取得印記的時候，我們好像是坐在那隻狗的背上，飛也似地跑到目的地，所以抵達的時間應該更快一點。」

大概是說著就找回以前的記憶吧，蓮瞇起眼睛。坐在狗的背上飛也似地跑到目的地……？佑真有點羨慕他。

「佑真，你是不是有些興奮與期待？」

蓮一副很意外的樣子，詢問一直在煮紅豆的佑真。佑真發覺自己正在哼歌，旋即回過神來收斂表情。

「我很喜歡旅行，無論是去哪個地方。而且，我們不是也去不了蜜月旅行嗎？」

由於佑真與蓮是奉子成婚，所以還沒去度蜜月。此外，曾經從事觀光業的佑真本來就很喜歡旅行。能夠見到光怪陸離……或者應該說陌生的景色也很有趣。雖然座敷童子也說妖怪鄉很危險，不過這次有護衛護送他們，佑真想好好享受這趟旅行。

「原來你們在這裡呀。已經做好明天的準備了嗎？」

跟蓮聊天的期間，女將一副心神不寧的樣子走了過來。女將非常擔心颯馬，擔心得不得了。此刻也是摸著颯馬的頭，嘴裡嘀咕著「我也很想跟去啊」。

「佑真正在製作送給閻魔大王的羊羹。」

蓮抿著嘴笑道，女將一聽，驚呆地倒退幾步。

「伴手禮？送給那位閻魔大王？你瘋了嗎！」

看來女將也認為送伴手禮是異想天開的點子。她跟蓮都怕得直打哆嗦，看著佑真的眼神就像是看到怪物。

「女將也見過閻魔大王對吧。祂是位怎樣的神明呢？有沒有什麼該注意的禁忌？畢竟對方是冥界之神，我們是不是應該注意一下禮節規矩比較好？」

佑真向女將打聽資訊。

「閻魔大王祂……是很可怕的神明啦。光是回想起來就會起雞皮疙瘩。別說是與祂四目相對了，就連跟祂對話都恐怖到了極點。感覺自己就像是被蛇盯著的青蛙……你去了就知道，總之光是靠近祂就讓人膽顫心驚。」

大概是想起久遠的記憶吧，女將顫抖個不停。對方是那麼可怕的神明嗎？

「我那死去的老公在謁見閻魔大王之後，也有好一陣子臥病在床呢。就連看習慣妖怪的我都怕得差點瘋掉，對原本過著普通生活的老公來說似乎太刺激了。事後他也常作惡夢而痛苦呻吟。」

「是喔……原來爸他……」

蓮似乎不曉得這件事，入迷地聽著女將的描述。女將出生在代代經營妖怪旅館的家庭，因此她本人出生時，以及她的孩子出生時都去拜訪過閻魔大王。

「還有呢？閻魔大王長什麼樣子？是像大多數資料描述的那樣恐怖嗎？」

佑真按捺不住好奇心，提出一個又一個問題。

「怎麼可能看得到長相啊！閻魔大王戴著面具啦。聽說直接看到祂的臉，會發生不得了的事呢。更何況當時我實在太害怕了，根本不敢抬頭啦。」

女將以傻眼的口氣罵道，佑真關掉爐火。閻魔大王戴著面具啊？真是讓人越來越感興趣了。

「唉……希望你們平安無事回來。」

女將捏著颯馬柔軟的臉頰，如此祈禱。

佑真想像著明天的旅行，繼續努力製作羊羹。

翌日是個陰沉沉的天氣，帶了點不似三月春的涼意。

佑真與蓮在自己的背包裡塞進了衣服、內褲與日用品。假如是普通的旅行就會想用行李箱，但得知是徒步旅行後就不想帶了。畢竟是去妖怪鄉，聽蓮說那裡幾乎沒有鋪設好的道路。與其拖著行李箱走在爛路上，還不如背背包比較方便吧。

佑真穿著襯衫與長褲，考量到氣溫偏低，外面又套上一件厚的連帽T，然後到玄關大廳集合。蓮哄著哭鬧的颯馬走了過來，身上穿著西裝外套。蓮原本想做休閒打扮，是佑真阻止了他。既然要出遠門，佑真希望蓮穿西裝外套，這樣看起來會更帥氣。

「都準備好了嗎？」

女將坐立不安，一直問同樣的問題。看來把颯馬帶去妖怪鄉一事讓她憂心如焚。不過她似乎一點也不擔心蓮與佑真，甚至還對佑真說出「不管到哪兒你都有辦法活下去」這種恐怖的話。

到了下午三點半，大和開著黑色跑車出現在「七星莊」。雖然大和也做了旅行的準備，但他打扮得跟平常一樣，身穿刺繡棒球外套配牛仔褲，頭戴棒球帽，帶著一個偏小的束口背包。大和態度尷尬地跟都交談，看來兩人的關係似乎還算不上美滿。

「你來啦。不過，你應該沒辦法一起去吧。」

女將一見到大和就用冷漠的語氣這麼說。大和心頭火起想要回嘴，不過都先一步走上前瞪著女將。

「不管媽承不承認，我的心裡只有大和先生一個人！」

都以強硬的口氣對著女將怒吼。女將橫眉豎目，與都互瞪。站在後面的大和表情顯得有些害羞，看來都這句話讓他很開心。

因為薩巴拉跟他們約申時碰面，看樣子祂會在下午四點左右抵達。眾人在玄關大廳等待，不久便看到格子門上映著黑影。女將趕緊跑過去開門。

『都準備好了嗎？』

打開格子門一看，薩巴拉就站在門口，跟上次一樣穿著黑色漢服。這次薩巴拉的旁邊還站著一隻跟祂一樣有著四隻眼睛的黑色犬妖。兩者都穿漢服，或許那是祂們的制服。看到祂們的腰上佩帶長劍，佑真嚇了一跳。

「啊，是的。麻煩兩位了。」

佑真抱著颯馬點頭行禮後，薩巴拉抱住旁邊黑色犬妖的肩膀。

『祂叫夏瑪，這次跟我一起擔任護衛。』

名叫夏瑪的四眼犬妖，不知為何一直目不轉睛地看著佑真。薩巴拉的四隻眼睛骨碌碌地轉來轉去，反觀夏瑪四隻眼睛當中有兩隻始終閉著，因此佑真能夠放心地回視對方。

『那麼……那個嬰兒就是你們的孩子吧？』

夏瑪俯視颯馬這麼問道。當下颯馬就漲紅了臉、哭了起來。夏瑪不以為意，用長著利爪的手一把抓住颯馬的小腦袋。佑真吃了一驚，正當他要責備對方時，臂彎裡冒出了黑煙。

「什……！咳咳咳……！」

不小心吸了一大口黑煙，嗆得他咳個不停，這時臂彎裡的重量突然消失了。下一刻，一名男孩伴隨著叫聲出現在眼前。男孩似乎重心不穩，一屁股跌坐在玄關水泥地上，茫然仰望著佑真他們。

『因為年紀太小不適合旅行，我先將孩子替換成十歲的他。等你們抵達閻羅王的寓所後，再換回原本的嬰兒。』

聽完對方若無其事地說明，佑真目瞪口呆地俯視跌坐在地的男孩。男孩有著白皙滑嫩的肌膚、大大的眼睛、直挺的鼻梁，誠然是所謂的美少年。他穿著熨得平整的白襯衫搭配短褲，腳上則穿著白襪配全新的運動鞋。而且，這個男孩不知為何背著背包。夏瑪說祂將孩子替換成十歲的他，意思……是？

「唔、唔哇……這就是大家說的那個……」

男孩一副感動至極的模樣喃喃自語，踉踉蹌蹌地站起來，將屁股拍乾淨。然後，對著佑真他們正色道——

「爸爸、小佑，我是颯馬。很高興能夠見到十年前的您們。」

見男孩以聽起來很聰明伶俐的口吻這般自我介紹，佑真驚訝到差點腿軟。眼前這個用閃亮大眼注視自己的孩子，就是十年後的颯馬嗎？跟蓮簡直是一個模子刻出來的。

「超級小帥哥！正義萬歲！未來的你真的長得那麼帥啊！」

佑真激動地握住颯馬的手，站在後面的蓮卻臉色發青地顫抖起來。

「咦？我家的孩子去哪兒了？」

蓮似乎在擔心消失不見的嬰兒颯馬，頭腦陷入混亂。

『你們的孩子，跟十年後的他交換過來了。別擔心，反正才交換兩天左右，況且十年後的你們也記得這次的事，所以應該沒問題吧。』

薩巴拉點著頭說明。但蓮仍是一副無法接受的模樣，反觀佑真則是著迷地看著眼前的美少年，哪裡還顧得上其他的事。

「我想拍一下相片！唔哇，帥哥的血統大獲全勝哪。你一定很受歡迎吧？長得跟蓮越來越像了。我們家的孩子居然有這樣驚為天人的成長……神真的存在呢。咿——真是令人悸動不已啊〜〜」

面對長大的颯馬，佑真的反應十分興奮，蓮見狀露出可怕的表情攫住他的手臂。

「佑真，你不擔心還是嬰兒的颯馬嗎？」

「爸爸，不用擔心。從我懂事時起，您們就一再地告訴我今天的事。我一直很想去看看那個叫做妖怪鄉的地方。小佑也……啊，順帶一提，要是喊您媽媽您會生氣，所以我都是叫您小佑。」

颯馬以開朗的語氣口齒伶俐地說明。聽到他說稱自己為媽媽的話自己會生氣，讓佑真很肯定他果真是颯馬本人沒錯。因為佑真平時就認為，再也沒有比稱呼身為男人的自己「媽媽」更令人不舒服的事了。

「嗯嗯，叫我小佑就好。還有，你為什麼用敬語？跟我們講話不用那麼客氣呀。」

颯馬講起話來恭敬有禮，佑真覺得怪不自在的，便問起這件事，颯馬聽了呵呵笑道。

「小佑……呃，十年後的小佑說，如果見到十年前的他要使用敬語。他說這樣比較萌。」

「十年後的我真懂我！」

佑真忍不住往後一仰，握拳吶喊。十歲美少年客氣有禮貌地跟自己交談……自己怎麼可能不萌心大發。佑真不禁佩服十年後的自己，對自己的喜好真是瞭若指掌。判斷得真對！

「你真的是……颯馬嗎……？」

蓮依舊處於混亂狀態，戰戰兢兢地端詳颯馬。

「蓮，你就接受這個狀況吧。沒想到你的頭腦還挺死板的耶。」

佑真笑著說，結果反遭蓮凶巴巴地瞪著回嘴：「是佑真你適應得太快了！」

這時女將與都他們似乎也終於反應過來，紛紛接近颯馬。

『颯馬，我先提醒你，不得透露有關十年後世界的資訊。我現在就施法，讓你無法說出關於未來的任何事。』

薩巴拉將爪子舉到颯馬的額頭上，嘴裡念念有詞。隨後爪尖便冒出紅煙，竄進颯馬的鼻腔。颯馬一副覺得鼻子很癢的表情，點頭表示明白。佑真本想問颯馬未來的事，聽薩巴拉這麼一說讓他很失望。不過看樣子，颯馬在十年後也過得很好，佑真便安心了。

『再來是你。』

薩巴拉眼神犀利地盯著大和。

「呀咿！」

大和登時打直背脊發出怪聲。這次臉色沒上次白，看來是有一點適應了。

『閻羅王批准了，這次你也可以同行。』

聽到薩巴拉這麼說，佑真笑逐顏開，反觀大和卻是一副受到打擊的樣子定格在原地。雖然帶了行囊過來，大和多半期待對方叫他不用去吧。女將似乎沒料到大和能獲准同行，只見她臉色發青渾身顫抖。

「既然大和先生要去，我也要一起去！」

都突然大聲這麼說。大和放鬆僵硬的表情，以憐愛的眼神注視著都。

「等我一下！我這就去拿行李！」

不等薩巴拉回答，都就火速衝回房間。薩巴拉一臉驚呆，不知在跟夏瑪討論什麼。等待都的期間，佑真把背包裡颯馬的替換衣物與尿布統統拿出來，畢竟嬰兒服就算帶去也用不上。聽說颯馬一早就做好出門的準備，連上廁所也背著背包。

幾分鐘後，都背著大背包出現在眾人眼前。看樣子她早就決定，大和要去的話自己也要跟去，行李也早就收拾好了。

『雖然都沒有獲得許可……罷了，反正妳有印記。既然妳自己要跟去，我不會阻止妳。』

見都幹勁滿滿，薩巴拉被她的氣勢壓倒，不情不願地同意。

薩巴拉與夏瑪轉身，像是在叫佑真他們跟上來似的，撥開旅館正門左邊的草叢邁步前行。女將一臉擔憂地站在正門前揮手目送一行人。佑真牽著颯馬的小手，跟在薩巴拉與夏瑪的後面。來到竹子叢生的地方時，霧氣逐漸籠罩四周。

『接下來絕對不能回頭喔。』

站在最前頭的薩巴拉這麼告知後，眾人排成一列往前走。夏瑪走在最後面。正當佑真發覺霧越來越濃時，他突然感到背脊發涼。此刻的氛圍跟剛才截然不同，好似踏進了另一個次元的世界。

『可以回頭了。』

聽到薩巴拉這麼說，佑真立刻回頭，發現剛才還在的「七星莊」已經不見了。四周是雜草叢生的原野，佑真他們所在的地方就位於緩坡的中途。天空陰沉暗濁，能見度不佳。佑真很吃驚，不過大和比他還要驚訝，甚至發出了慘叫。

「咦！為什麼！這是哪裡！不會吧！好暗！」

大和臉色發青地張望四周。看到別人驚慌失措，自己就會很神奇地冷靜下來。大和那副驚恐樣，讓佑真完全恢復了冷靜。

「我懂了，客人們就是走這條路前往『七星莊』吧。」

正當佑真嘖嘖讚嘆東張西望之際，暗處傳來了「咔沙咔沙」的怪聲。仔細一看，那裡豎著一塊木製看板，上頭寫著「七星莊，小徑右轉」。

「佑真，小心一點喔。」

蓮明顯一副神經兮兮的模樣，握住佑真的手。

「不要緊的。爸爸，我會保護小佑。」

颯馬雙眼發亮，用力握住佑真空著的那隻手。

「唔唔！大小偶像一起發動攻勢了！」

被蓮與外貌神似蓮的颯馬這對父子包圍，佑真心跳加速、臉頰泛紅。蓮的關心固然令他高興，不過颯馬那副小騎士模樣更加打動他的心。沒想到聽見一個孩子說要保護自己，居然會讓他小鹿亂撞。果然臉長得好看，不管說什麼都很像一回事。

「哎呀——我很高興你有這份心意，不過你才十歲吧？應該是我要保護你才對。」

佑真害臊地說，颯馬聽了面露微笑，往胸脯一拍。

「我已經取得印記了，所以這裡的妖怪不能對我動手。沒有印記的小佑才需要保護。」

聽到颯馬以強勢的口吻這麼說，佑真才想起眼前的男孩是十年後的颯馬，他已經擁有了印記。而這就表示，這趟旅行確實能夠抵達終點。雖說不能談論未來，既然眼前的兒子擁有印記，可見他們最後成功見到了閻魔大王吧。

「呵呵，害我出發前擔了不必要的心，原來只是一趟沒什麼大不了的開掛旅行哪。很好，接下來就盡情享受妖怪鄉之旅吧。」

心中的憂慮去除掉後，佑真神清氣爽地這麼說。雖然蓮聽得一頭霧水，不過佑真已徹底放下心來往前走。問題是後面的大和與都。

「都小姐，請妳絕對、絕對不要放手喔！」

大和牢牢握住都的手，擺出戒備的姿勢左顧右盼。看來要大和展現男子氣概，或是扮演騎士保護都似乎有困難。不過畢竟他們是姊弟戀，女人反過來保護男人也是可以接受的吧。

「我們出發吧！」

佑真高聲一呼。

出發後才發現，妖怪鄉瀰漫著陰鬱的氣氛。

聽蓮說，這裡的天空向來都是這麼灰暗。不僅從來不曾看過太陽露臉，即使到了早上天空仍舊籠罩著厚厚的雲層，陰暗得簡直像要降下傾盆大雨。這裡的路不是柏油路，路面只有土或砂礫。偶爾看得到田地，或是很像民宅的稻草屋頂，看上去不像現代日本的風景，感覺像是穿越時光回到了古早時代。蓮記憶中那座閃閃發亮的城鎮真的存在嗎？

途中他們經過一條河川，不過架在河上的橋也很簡陋，只是直接把粗圓木橫放在那裡而已，實在很難說是建設過的土地。

「總覺得很有日本民間故事的氣氛呢。」

佑真喃喃自語，這時走在後方的大和哀號：「手機不能用！」看來手機收不到訊號，沒辦法使用。

「本來以為妖怪鄉跟我們的世界重疊，只是次元不同罷了，但實際上兩者是全然不同的世界吧？」

佑真詢問走在前面的薩巴拉。

『嗯……沒錯。有些地方偶爾會交錯。』

薩巴拉沉思片刻才回答佑真的問題。由於初次見面時佑真就狂問祂問題，搞不好佑真在祂心裡是個很煩的傢伙。

「偶爾會交錯……原來如此，所以這種時候人類就看得到這邊囉？」

佑真不由得驚嘆，接著繼續發問，結果對方冷冷地說『這種事哪能詳細告訴人類』，對他的問題避而不答。妖怪世界的事果然不能隨便透露給人類吧。

「蓮，上次你是一個人來這裡吧？你是怎麼知道路的？」

佑真詢問走在旁邊的蓮，他便指著山的另一邊。

「當時要找的大章魚是水中妖怪，所以我就前往山另一頭的海邊。之後再向附近的妖怪打聽消息。」

「這裡也有海呀？」

佑真驚訝地張大雙眼，颯馬也懷著崇拜的心情聽得入迷。颯馬同樣是第一次造訪妖怪鄉，因此無論看到什麼東西都很好奇。

『我們不會去海邊。』

在佑真開口之前，薩巴拉就先冷漠地拒絕。

『因為方向跟閻羅王的寓所不同。』

就像薩巴拉說的，爬完緩坡後路分成兩條，一條往山的方向，另一條往左邊。閻魔大王住的地方好像在左邊。左邊是一條綿延不絕的漫長道路，周圍的雜草越來越高。原本四周是一片原野，走著走著逐漸變成粗糙的岩山，坡度也變得很陡。

走了一個小時後，薩巴拉突然攔住佑真他們。

地面在搖晃，佑真嚇了一跳抓住蓮的手臂。本來以為是地震，但地面每隔一段時間就會晃動，然後平息下來。「咚！咚！」的巨大聲響朝他們靠近。

「呀啊啊啊！」

最先發出慘叫的人是大和。他指著前方，嚇到腿軟。這也難怪，因為有道巨大的人影伴隨著巨響朝他們靠近。由於山路彎彎曲曲，人影時隱時現。不過，看得出來對方正逐漸接近。

「有個非常巨大的東西靠過來了！」

颯馬露出既害怕又興奮的表情大叫。

「那是鬼啦。」

蓮站到佑真前面，皺起眉頭。

「鬼！」

佑真興奮地複述一次。經他這麼一說，巨人的頭上確實看得到角。民間故事的插畫裡常見的巨鬼震動地面朝他們接近。由於鬼已來到附近，佑真仔細觀察祂的模樣，發現這隻鬼在腰上纏著破破爛爛的布，全身被泥巴弄得髒兮兮的。眼睛瞪得老大，牙齒是黑色的。個頭大約有兩層樓那麼高。

「鬼都是長那副德行嗎？難道就沒有更帥氣的鬼，或是人類模樣的鬼嗎？」

因為動畫或漫畫裡經常出現長得很帥的鬼，佑真不禁失望地這麼問。那種的他萌不起來。

「佑真，麻煩你多一點緊張感好嗎！」

被表情可怕的蓮這麼一罵，佑真沮喪地默默躲在他背後。此刻的氣氛讓他不好意思說，自己原本很期待見到第一隻妖怪。

『停在那裡！』

當鬼來到聲音傳得到的距離後，薩巴拉立刻大聲警告。鬼乖乖停在原地，然後蹲了下來。佑真覺得自己好像跟祂對上了眼，頓時起雞皮疙瘩。是自己多心嗎，總覺得祂一直盯著自己看。

『不准對這些人動手。明白了就快滾。』

薩巴拉聲色俱厲地說。鬼聽了之後，嘴巴流下液體，開始哼哼唧唧。那是口水嗎？聞起來有股怪味，佑真忍不住掩住鼻子。

『看、看起來好好吃……好好吃……』

祂以熱情的目光看著佑真，看得他背脊一顫。

「是在說我嗎！」

剛剛佑真就覺得自己跟鬼四目相對，看樣子並不是他的錯覺。「看起來好好吃」的意思是想吃掉自己嗎？原來鬼真的會吃人啊……佑真在內心發出莫名其妙的驚嘆。

『別讓我說那麼多次，快滾！你會挨閻羅王罵喔！』

見薩巴拉齜牙咧嘴，鬼害怕地抱住腦袋。最後鬼流著口水，一副無可奈何的樣子轉身離開。佑真放下心來，放鬆肩膀的力氣。

「咿……」

轉身看向背後，發現大和跌坐在地上。都拍著大和的背，叫他振作一點。

『你……有沒有被來到旅館的妖怪傷害過？』

之前始終保持沉默的夏瑪，擺出一副很在意的態度詢問佑真。

「咦？我是有被大章魚怪改變性別啦。還有被妖怪舔一下，或是說我看起來很好吃之類的。」

佑真一邊回想一邊說，夏瑪瞇起眼睛。

『果然啊。剛見到你時我就覺得有股香味。看來對我們而言，你是最上等的食物。以前都來這裡的時候也引來了一群妖怪，費了不少事，看樣子這次同樣會惹來麻煩。』

聽到對方說自己很香，佑真感到錯愕與心慌。夏瑪說，大和身上並無香味。有平凡的化身之稱的自己，怎麼可能會是妖怪眼中最上等的食物。佑真如此暗忖，接著想到一件事。

「我知道了，會不會是這玩意兒的緣故呢？」

佑真從背包拿出包袱這麼問。包袱裡面有獻給閻魔大王的羊羹，以及其他食物。

「是這個味道吧？聞起來是不是甜甜的？」

佑真將包袱交給蓮，然後對著夏瑪張開雙手。他以為這樣應該就沒有香味了，沒想到對方卻傻眼地搖了搖頭。

『我可是閻羅王的左右手，怎麼會分辨不出味道是來自背包裡的東西，還是來自你本身。』

見對方斬釘截鐵地斷言，佑真驚愕地發抖。那麼真的是自己的味道嗎？自己居然有這種宛如故事主角的特徵嗎？說不定是變成Ω後，自己就脫離了平凡的世界。

『沒有印記的人本來就夠醒目了，這下子不妙了……』

夏瑪一副覺得麻煩的態度抱著胳膊。

「都姊那時候是怎樣的情況？」

佑真向蓮拿回包袱，並詢問夏瑪。

『當時只有都和她母親兩個人，所以由我們扛著去見閻羅王。憑我們的腳程只要三天就能抵達。不過途中還是引來一群妖怪，實在很慘。當時都還只是剛出生的嬰兒，所以可能不記得了。』

夏瑪露出回憶往事的眼神這麼說。原本閉著的兩隻眼睛睜開來，露出銳利的目光左右轉動。

『才剛說完又來了。』

夏瑪看向西方，嘆了口氣。遠處響起「咚！咚！」的巨大腳步聲。巨鬼又來了嗎？

『快走吧，數量一多就麻煩了。』

薩巴拉隨即轉身，快步走在滿地的大岩石之間。佑真在蓮與颯馬的包夾下趕路。大和則牽著都的手，半彎著腰跟著走。四周越來越暗，能見度越來越差。佑真拿出手電筒照著地面，走在後面的大和見狀便感嘆：「早知道就帶手電筒來了。」

越過岩山後，暗處出現了鬼火。青白色火焰就固定在某一點上。由於現場很暗，必須走到近處才看得清楚，許多鬼火就在寺門那兒飄飄蕩蕩。

『今晚就在這裡過夜。』

薩巴拉這麼說，佑真他們放下心來走進那道門。

進入鋪著石板的寺院內，便看到一座石階，薩巴拉率先走上去。石階兩旁各有一排石燈籠，搖曳著鬼火。由於四周昏暗，再加上樓門東塌西倒，使得座落在石階頂端的正殿看起來也相當冷清。

正殿前面佇立著一道身穿破爛和服、手拿提燈的嬌小人影。

「咿！」

大和突然尖叫一聲。還以為發生了什麼事，原來拿著提燈的是一隻蛙妖。模樣看起來像牛蛙，表情顯得得意洋洋。

『恭候各位多時了。』

蛙妖向眾人點頭行禮。一行人在蛙妖的帶領下，走上木階進入正殿。鋪著木板的地上都是灰塵，髒兮兮的，難怪對方告訴他們不必脫鞋。蛙妖打開咯咯作響的隔間拉門，請他們進去。正殿裡鋪著木地板的房間似乎有稍微擦拭打掃過，看起來乾淨一點。房間裡有祭壇，正面內側安放著一尊快要朽壞的阿彌陀佛像。正殿各處都點著蠟燭，雖然算不上明亮，但姑且能夠察看室內環境。

蛙妖恭恭敬敬地抱著放在祭壇上的木箱，遞給夏瑪。

『這是今晚的餐點。』

見對方得意洋洋地說，佑真忍不住探頭察看，結果非常失望。

因為木箱裡裝滿了蚯蚓、蜘蛛與鼠婦。

「呀！」

大和也倒抽一口涼氣，躲在都的背後。

『不是跟你說人類不吃蟲嗎！』

夏瑪橫眉怒目，齜牙咧嘴。蛙妖登時臉色發白，長長的舌頭從嘴裡吐出來。

『對、對不起！不小心糊塗了！』

蛙妖慌張地左右擺動舌頭。看到蟲子時還以為對方是在找碴，不過一想到這應該是蛙妖的熱情招待，佑真就覺得很溫馨。要收集那麼多的蟲子應該很辛苦吧。

「我有帶一點食物，所以不要緊的。請不要罵祂。」

佑真對夏瑪這麼勸道。夏瑪看了佑真一眼後，收起獠牙。

『被褥已經準備好了。』

蛙妖慌慌張張地跑到房間角落，打開木門。隔壁是鋪著榻榻米的房間，裡頭堆著被褥。

『……辛苦了。你可以下去了。』

夏瑪倏地抬起下巴示意，蛙妖便點了點頭，跳著離開了。眾人跟著夏瑪一起進入榻榻米房間，歇一口氣。榻榻米很乾淨，因此他們脫了鞋子才進去。房間約八張榻榻米大，地上疊放著三組又薄又硬的被褥。這裡沒有廁所，所以得到外面解決。

『今晚就睡在這裡。辰初二刻出發。我們會在外頭看守，你們就隨意吧。』

薩巴拉與夏瑪這麼說後，便走出榻榻米房間。房間裡只剩下自家人，佑真鬆了一口氣，安心地休息。榻榻米房間四面都是木板牆，看不到外面的狀況。行燈擺在房間的四個角落，散發著朦朧的微光。佑真放下背包，拿出為防萬一而帶來的保鮮盒，裡面裝滿了稻荷壽司。由於會增加行李的重量，佑真本來還猶豫要不要帶，幸好有放進背包裡。他帶來的食物，只剩下果凍型營養補充品了。將溼紙巾發給每個人後，大家輪流傳著保鮮盒享用稻荷壽司。

「小佑，好好吃。」

颯馬大口吃著稻荷壽司，兩隻眼睛都亮了起來。

「這是包了什錦壽司飯的五目稻荷呢。口感脆脆的那個是蓮藕嗎？味道很棒。」

蓮也面露笑容嚼著壽司。不曉得颯馬十歲的時候，全家人能不能像這樣愉快地郊遊。佑真如此心想，同樣開心起來。他也很後悔，早知道會遇到這種狀況，真該連味噌湯都一起帶來。

「……為什麼你們有辦法那麼鎮定愜意呢……？」

看到一家三口愉快地吃著稻荷壽司，大和露出怨恨的眼神質問他們。大和沒碰稻荷壽司。都也只是拿在手上，一直在猶豫要不要吃。

「這裡都是可怕的妖怪……為什麼你們還能那麼開朗快活？坦白說，我現在超後悔的……說來丟臉，我害怕到差點就尿褲子了。」

大和抱膝喃喃地說。

「……對不起，大和先生。」

正當佑真煩惱著該怎麼回答時，都看似難過地這麼說，眼眶泛淚。

「都是我害的……都是為了我……」

看到都抽抽搭搭地哭了起來，就連蓮也愕然變色。

「姊，別哭。」

「就是啊，畢竟姑姑也算是第一次來妖怪鄉嘛。」

颯馬從旁補上這句話。佑真吃驚地回頭一看，發現颯馬逼近大和與他面對面。不知道是不是怕小孩，大和一副畏縮的樣子往後仰。

「呃，可是之前……」

「我聽說都姑姑上次來這裡時還是小嬰兒，所以幾乎沒有關於妖怪鄉的記憶。雖然姑姑已經看習慣妖怪了，但內心其實一直很害怕。」

颯馬用開朗的語氣這麼說，都聽了以後雙眼圓睜收起眼淚。大和的臉恢復了血色，雙眼注視著都。照理說未來的資訊是不能洩漏的才對，難道這種事說出來也不要緊嗎？

「都小姐……原來是這樣嗎？我還一直依賴妳……」

「沒、沒關係，因為你會來到這麼恐怖的地方，都是我害的嘛。我會保護你的。」

都握住大和的手，毅然決然地說。大和臉頰泛紅，緊緊回握都的手。

「都小姐……」

佑真遠離看似快要親下去的兩人，吃著剩下的稻荷壽司。幸好有多做一點。大和似乎也終於肚子餓了，伸手抓起一個佑真做的稻荷壽司。到頭來大和只吃了一個，大部分的稻荷壽司都進了蓮與颯馬的胃袋。

「心情還是很複雜嗎？」

吃完晚餐後，一家三口靠牆排成一列坐著，佑真這麼問蓮。蓮露出不知所措的神情望著姊姊與大和。

「嗯……現在的大和先生好像改過自新了，只是我不認為姊適合那種類型的男人哪。颯馬，那兩個人真的會結婚嗎？」

蓮詢問坐在佑真腿上的颯馬。颯馬想要回答，但他只是翕動著嘴脣，並未發出聲音。

「看樣子不能說出來……不過，我很喜歡大和叔叔喔。他還會教我惡作劇。」

發現不能洩漏兩人的事後，颯馬一臉遺憾地這麼說。一聽到惡作劇，蓮立刻變臉。

「既然這樣，我絕對不能贊成他們。」

蓮面帶笑容提出反對。颯馬發覺自己不小心多嘴，抬起雙手摀住自己的嘴巴。

「對了……我現在才想到，童童沒跟來呢。」

確定沒看到總是跟在身邊的座敷童子後，佑真頗感失望。本來期待座敷童子會一起來到妖怪鄉，不過祂之前說過這裡是很可怕的地方，看樣子最終還是沒有跟來。

「話說回來，你真的讓我很吃驚呢。也難怪大和先生會覺得荒謬。我來過這裡幾次，所以已經習慣了，但佑真你分明是第一次來這裡，卻一點也不驚慌呢。」

蓮摸著颯馬的頭，語帶欽佩地說。

「哈哈哈，因為我一直當作自己在體驗VR妖怪旅行。」

佑真笑嘻嘻地回答後，蓮露出無法理解的表情回看著他。因為蓮沒玩過VR遊戲，看樣子他聽不太懂佑真在說什麼。

「不過颯馬真的好可愛喔。我來幫你拍照吧！」

颯馬那張端正的臉蛋，不管看幾次還是會看到出神。佑真拿出智慧型手機，對著颯馬連拍好幾張相片。都主動提議幫他們拍照，但佑真覺得把自己拍進去會很掃興，於是鄭重回絕了都的好意。

「不能問颯馬未來的事真是可惜。不過，我們十年後也還在一起吧？」

佑真不經意地問，颯馬聽了頓時身體一僵。由於颯馬坐在腿上，看不見他的表情，佑真突然感到心慌，探頭從旁邊看著他。

「……我們都在一起吧？」

總不會要說他們已經離婚了吧……佑真不安地再問一次。

「雖然不能透露未來的事，我想請爸爸今後一定要努力增進您與小佑之間的感情，加強夫妻關係。因為人心非常脆弱，沒有永遠這回事。」

颯馬帶著殷切的眼神這麼說，蓮一副既驚訝又錯愕的模樣搭住颯馬的肩膀。

「什麼意思？你是說……我們會遇到什麼不好的事嗎？」

蓮與颯馬神情緊張地注視著彼此，佑真也不由得倒吸一口涼氣。佑真不曾去想十年後的未來，但他始終深信未來也會跟現在一樣過著和平的生活。

「好可怕好可怕好可怕！」

佑真縮起身子大叫。比起聽到遇見的妖怪說自己看起來好好吃，聽到來自未來的颯馬提供的建議更令他害怕。

當晚因為睡的是帶了溼氣的被褥，再加上擔心自己與蓮的未來，佑真始終睡不著覺。

翌日早上，薩巴拉在七點的時候來叫他們起床。佑真幾乎沒怎麼睡，只在接近黎明時分打了個盹兒。蓮、大和與都的情況似乎也差不多，只有颯馬表示自己睡得很好。

整理好服裝儀容後，眾人在八點的時候離開過夜的寺廟。到了第二天，佑真也稍微看習慣這片陰沉沉的天空了，但不管怎麼走只看得到滿地岩石的山路，他已經走到膩了。由於路況不佳，走起來非常疲累。地面逐漸變成陡坡，不知不覺間一行人爬上了陡峭的山。沿著山脊穿越狹窄到腳一滑就沒命的獸徑後，接著是下山。

「累死了……」

當天就在上山與下山中結束。午餐吃長在獸徑旁邊、不知道是什麼的果實，因此沒什麼吃過東西的感覺。果實不甜也不酸，帶了點苦味。雖然薩巴拉堅稱那是果實，但它或許是蔬菜吧？無可奈何之下，佑真拿出他帶來的果凍型營養補充品充飢。出發前說什麼不用擔心食物，根本是天大的謊言，事後一定要向祂們抗議。

第二天過夜的地方，是比第一天的寺廟更加破敗的小神社。昨天接待他們的是蛙妖，今晚則是穿著碎花和服的貓妖。祂以閃著金光的眼睛直勾勾地看著佑真他們，伸出舌頭舔了舔嘴巴。

『各位辛苦了。餐點已經準備好了。』

分成兩條的尾巴突然伸直，貓妖露出不懷好意的笑容。大和倒吸一口涼氣，躲在都的後面。

今晚投宿的神社很小，鳥居的主柱有裂痕，看起來就快倒塌。用來洗手及漱口的手水舍水是混濁的，水面上還漂浮著死掉的蟲子。貓妖領著佑真他們前往正殿。

一行人爬樓梯進入建築物裡，鋪著木地板的房間內側有座祭壇。從敞開的門扇可以看到祭壇裡面擺著朦朧的神鏡。昨天還能睡在榻榻米房間，今晚似乎只能睡這間木地板房間了。而且這裡不僅沒準備被褥，也沒有椅子。他們等於是在跟廢墟差不多的地方過夜。

『來，請用。』

將他們帶到正殿後，貓妖端來裝著一大堆魚的白木製三方案。地板上總共擺著五張臺身三面有孔的三方案，上面堆放著應該是釣來的香魚。

『人也可以吃魚吧。別客氣儘管吃。』

貓妖一臉得意地請佑真他們吃香魚。

「……對不起，這魚可能沒辦法生吃……就算要做成生魚片，鮮度也……」

探頭察看香魚後，佑真的臉頰不由得抽動幾下。

『什麼！』

貓妖吃了一驚，豎起身上的毛。畢竟對方是妖怪，可能還是對人類的飲食不甚瞭解。看到貓妖的尾巴無精打采地垂下來，佑真覺得有點過意不去。

『不能吃嗎？這可麻煩了。』

薩巴拉一臉困擾地摸著下巴。稻荷壽司全吃完了，剩下的食物只有三包果凍型營養補充品。今天才第二天而已，不能把所有的食物吃光，於是佑真檢查那些香魚。

「不嫌棄的話，我來做成鹽烤香魚吧。」

佑真這般提議後，蓮驚訝地探頭察看。

「這裡有鹽嗎？」

「為防萬一，我有帶來。」

佑真翻找背包，亮出裝在塑膠袋裡的鹽巴，眾人皆驚嘆不已。其實這包鹽不是拿來吃的，而是準備用來驅趕、淨化妖魔鬼怪的，不過這件事還是先別告訴他們吧。

在佑真的指示下，眾人將三方案搬到正殿外面，然後分頭收集樹枝。大和有帶打火機，於是他們將枯葉集中起來生火。

「好像在露營喔。」

颯馬露出符合其年齡的純真笑容，在火堆裡添加樹枝。

「請問這裡有沒有乾淨的水？」

為了將香魚處理乾淨，佑真詢問貓妖這裡有無供水處。

『我從井裡打水過來吧。』

貓妖對佑真投以熱情的目光，話一說完便跑去某個地方。佑真決定趁等待期間處理魚肉，於是他先按壓香魚的肚子擠出糞便。香魚總共有三十條，他將糞便全部擠出來。接著拿出背包裡的水果刀，去除魚鱗。幸好自己為防萬一，把水果刀放進背包裡帶來。

貓妖提著裝滿水的桶子回來。水很乾淨，因此佑真放心地拿來清除香魚的黏液。將表面的黏液清除得差不多後，他拿起長樹枝稍微火烤一下，再插進香魚的嘴巴。接著抹上鹽巴，調整形狀。

「可以幫我烤這個嗎？」

佑真將插在樹枝上的香魚遞給蓮，蓮動作靈巧地將香魚串插在火堆的周圍。

「我來幫忙。」

都靠過來，主動表示要幫佑真，不過要將樹枝沿著中骨插進魚身並不容易，佑真便請她幫忙找可用來串魚的樹枝。這麼說對都很不好意思，但她非常笨手笨腳。到現在她還不太會做菜，佑真覺得結婚後大和應該會很辛苦。

『哦……居然能用現有的東西湊合出一道料理。』

見佑真他們勉強串好十條香魚插在火堆周圍，夏瑪佩服地喃喃自語。由於沒有其他粗細及硬度都適合用來串魚的樹枝，只能等大家吃完之後再繼續使用。佑真調節火候小心烤著香魚以免烤焦，這時背後傳來一陣粗重的喘氣聲。

『哈啊……好美味的味道啊。哈啊……口水都流出來了。』

佑真提心吊膽地回頭一看，發現貓妖正流著口水注視自己。本來以為祂應該是看著魚說這句話，但不管怎麼看祂的視線就是黏在自己身上。

『要是讓他受到一點傷，可是會觸怒閻羅王喔。』

夏瑪瞪著貓妖警告祂。貓妖隨即安靜地抬手掩嘴，露出詭異的笑容往後退。蓮與颯馬立刻站到佑真的旁邊形成人牆，威嚇那隻貓妖。

現場瀰漫著烤香魚的香味。佑真將烤好的香魚分給眾人。

「哇啊，真好吃！」

颯馬啃著香魚，兩隻眼睛都亮了起來。蓮與都也吃得津津有味。大和今天一整天都沒精神，不過他也從頭啃著鹽烤香魚。

佑真預留自己的份，然後將剩下的鹽烤香魚遞給夏瑪與薩巴拉，還有那隻貓妖。夏瑪與薩巴拉皆一副困窘的樣子吃起香魚。

『唔……好吃哪。』

夏瑪嚼著香魚，驚訝地張大眼睛。本來還擔心給狗吃抹了鹽的魚要不要緊，看來妖怪跟普通的狗不一樣。薩巴拉也滿心歡喜地邊吃邊嚷著「好吃、好吃」。只有貓妖遲遲不吃收到的鹽烤香魚。

『魚就是要生吃啊，烤過就糟蹋了。』

貓妖露出鄙視的笑容，揮了揮香魚串。

『不吃就給我。』

已經吃完的夏瑪將手伸向貓妖，大概是突然覺得棄之可惜，貓妖啃了一口香魚的腹部。

『哦、哦唷……？』

原本嗤之以鼻啃著香魚的貓妖突然眼神一變，迅猛地大啖香魚。

『好、好、好、好——吃！』

貓妖一口氣吃完香魚後雀躍地吶喊。

『咦——！原來魚烤過之後味道會有這麼大的改變嗎！真好吃啊！再給我一條！』

跟剛才相比，貓妖的態度有了一百八十度大轉變，雙眼閃閃發亮。蓮噗哧一聲笑了出來，颯馬則露出得意的笑容。

「太好了，我還會繼續烤，請你別吃我喔。」

身為一位廚師，能夠得到讚美是很開心的事，就算對方是妖怪也一樣。佑真回收眾人吃完的樹枝，再重新串一批香魚。三十條香魚，最後全進了眾人的胃袋。幸好沒浪費貓妖特地準備的魚。佑真鬆了一口氣，當晚一家三口並肩坐在正殿的木地板房間裡休息。

到了第三天，旅行的疲勞排山倒海而來。

畢竟他們每天都走在險惡難行的道路上。才剛走完山路，緊接著又踏上宛如荒野的道路，當中還有一段路到處都是野獸骨頭。既沒吃到像樣的食物，也沒辦法睡在軟蓬蓬的被褥裡。而且不知道妖怪何時會出現，必須一直繃緊神經才行。由於肚子實在太餓，大家一起把原本要送給閻魔大王的仙貝吃掉了。雖然佑真也覺得很疲倦，不過大和的樣子比他還要不對勁。

「大和先生……你要不要緊？」

在一條大河的旁邊休息時，都神情不安地摩挲著大和的背。大和從今天早上臉色就很差，呼吸也很急促。

「好累……」

大和坐到岩石上，摘下棒球帽。他滿身大汗。都將手貼在大和的額頭上後，倒抽一口氣。

「好像有點發燒了。大和先生，你有帶藥嗎？」

都驚慌失措地說。佑真他們也湊到大和身邊看看出了什麼事。大和身上沒藥，而佑真與蓮只帶了感冒藥。由於大和既沒咳嗽也沒打噴嚏，不曉得吃感冒藥有沒有效。

『他這是妖氣中毒哪。』

觀察大和的狀況後，夏瑪很乾脆地這麼說。

「妖氣中毒……？」

佑真又問了一遍，薩巴拉便抱著胳膊，四隻眼睛同時看向四面八方。

『活人來到陰間，有時會受到妖氣影響而身體不適。如果身上有印記就沒問題哪……』

見薩巴拉瞄了自己一眼，佑真心頭一驚。

「這麼說，我也有可能妖氣中毒嗎……？」

雖然沒大和那麼不舒服，佑真也一樣感到疲勞。蓮、都與颯馬似乎都沒事，這讓佑真深刻感受到閻魔大王的印記效果有多強大。

「請問要怎麼避免妖氣中毒？有沒有什麼藥呢？」

大和慵慵地倚靠著都，看得佑真很不忍心，於是一臉嚴肅地這麼問。畢竟大和相當於是被佑真強行帶來妖怪鄉的，他覺得自己有責任。

『沒有哪。反正死不了，你就忍著點吧。嚴重時也只是會有點想吐，身體動不了而已。』

聽到薩巴拉滿不在乎地這麼說，大和一副受到打擊的樣子渾身發抖。

「……我想回去了。」

大和將棒球帽戴得很低，這般喃喃自語。

（慘了，大和先生又憂鬱起來了。）

不僅精神狀況不穩定，連身體也越來越不舒服，大和的情緒低落到了極點。佑真沒想到情況會變得這麼糟，他很後悔硬把大和帶來這裡。

「請問……有辦法從這裡回到陽間嗎？」

佑真不好意思繼續帶著大和到處跑，便偷偷詢問薩巴拉。他期待這裡會有特殊通道，能夠一瞬間回到陽間。

『只能走回頭路喔，不過回程就沒有護衛護送了。沒有印記的人要走回去是很魯莽的行為喔。我們只負責將你們帶去見閻羅王，至於脫隊者可就不關我們的事了。』

薩巴拉斬釘截鐵地說。看來這裡沒有可瞬間移動的通道。

『只要穿過前面的溼地地帶，身為普通人的他狀況應該就會好轉一點。那邊是最危險的地帶，越過那裡之前就再忍一會兒吧。』

聽完一連串的說明後，佑真對前面的路途懷抱希望。薩巴拉說，過了溼地地帶後天空也會變得明亮，感覺就沒這裡陰沉了。不少人會因為天氣而影響心情，或許大和的心情也是受到這片始終陰沉暗濁的天空影響。

「大和先生，你再忍耐一下。聽說到了前面身體就會舒服一點。」

為了帶給大和撐下去的勇氣，佑真翻找背包。他拿出包袱，從中取出一條本來要送給閻魔大王的羊羹。

「攝取糖分後，心情應該也會好一點吧？反正羊羹有三條，我們就吃一條吧。」

佑真找了一塊平坦的岩石，在上面打開包裝將羊羹分成七等分，然後遞給每個人。颯馬與蓮吃得津津有味。

「好吃！」

看來颯馬就跟一般的小孩子一樣非常喜歡甜食。

「不會太甜，很好吃呢。」

蓮也笑咪咪地吃著羊羹。大和起先一副懶得動的模樣，後來也默默吃起遞來的羊羹。都一臉擔憂地看著大和。之前佑真自己就試吃過，紅豆的滋味充分釋放出來，成品讓他很滿意。

『我們不愛甜食哪……』

薩巴拉與夏瑪起先不願意碰羊羹，但看到颯馬吃得津津有味，便試著咬了一口。

『哦，沒想到挺可口的。』

原本吃得不情不願的薩巴拉與夏瑪，似乎也瞭解到羊羹的美味，兩者都笑吟吟地吃著羊羹。吃完甜食後，眾人都露出了笑容。夏瑪還一直瞄著佑真的背包說：『其實再吃一點也行哪。』

『差不多該走了。』

薩巴拉仰望天空，再度邁開步伐。佑真觀察大和的模樣，因為剛剛吃了甜食又休息了一會兒，現在看起來精神好了幾分。

一行人跟著薩巴拉橫渡河川，行走在草原之中。走了三十分鐘後，地面逐漸變軟，他們穿越雜樹林，便看到前方出現陰暗沉鬱的溼地地帶。

『我們要盡量快點通過這裡。因為這是無底沼澤，沉下去就死定了。』

薩巴拉帶著嚴肅的眼神叮囑眾人。佑真是第一次見到無底沼澤，他僵硬地邊走邊低頭觀察沼澤。水不怎麼透明，底下似乎長滿了水中植物。偶爾有蟲或魚擾亂水面，其他時候都很寧靜。幾棵柳樹散布在沼澤地四周，呈現一幅蒼鬱的景色。

「好臭……」

大和捂著鼻子，經過沼澤旁邊。這一帶飄散著生鮮食品腐敗的臭味。佑真他們加快腳步，想趕緊通過這裡。

『……喂——』

某處傳來男人的聲音，佑真嚇了一跳停下腳步。喊「喂——」的聲音從四面八方傳來，彷彿山谷回聲似的。

『不妙了哪。』

薩巴拉忍不住咂嘴，加快腳步以保護佑真他們。這時耳邊冷不防傳來水聲，回頭一看發現有東西從沼澤冒出了半顆頭。

「佑真，動作快。」

蓮臉色鐵青地握住佑真的手，拔腿跑了起來。從沼澤冒出頭來的那個東西，緩慢地撥動水面朝他們接近。

「那玩意兒是什麼？」

可怕歸可怕，佑真仍好奇地轉頭面向沼澤，這般詢問薩巴拉。

『是泥田坊。』

薩巴拉語帶嫌惡地回答後，便叫眾人快跑，自己也改用跑的。來不及問泥田坊是什麼，佑真他們也小跑步追著薩巴拉。原以為已經遠離沼澤可以安心了，沒想到下個沼澤同樣有東西從水面冒出頭來。而且這回還是兩隻，祂們撥動混濁的水朝著佑真他們越靠越近。

「呀啊！」

大和面向沼澤驚聲尖叫，聽到叫聲而跟著回頭的佑真也倒吸一口涼氣。沼澤水面不斷冒泡，滿身是泥的獨眼妖怪朝著這邊而來。那就是泥田坊嗎？起初只有幾隻，後來各處的沼澤都冒出同樣的妖怪爬上陸地。

『唔，真麻煩。這些傢伙就是沒智力才討厭。』

夏瑪繞到佑真後面，拔劍劈斬爬上陸地的泥田坊。泥田坊有著一張宛如老人的臉孔，滿身是泥的模樣簡直就像是喪屍。夏瑪接連揮劍劈斬，爬上陸地的泥田坊身體被砍成兩半，當場化為泥巴滴落在地。

「聚集過來了！」

颯馬臉色大變喊道。雖然颯馬還是個孩子，腳程卻很快，蓮與颯馬分別牽著佑真的左右手拉著他跑。泥田坊的數量不斷增加，接二連三地從沼澤爬上來，把手伸向佑真他們。

「唔哇啊啊啊！」

其中一隻泥田坊從對面襲擊大和。千鈞一髮之際薩巴拉揮劍劈斬那隻泥田坊，但身體化成的泥巴噴濺在大和身上。

「好燙！」

大和護住濺到泥巴的部位，忍不住慘叫一聲。

『沒想到數量居然這麼多。』

薩巴拉齜牙咧嘴，揮劍迎擊泥田坊，見一隻就砍一隻。夏瑪也以行雲流水的動作將泥田坊化為泥巴。看來薩巴拉與夏瑪是用劍高手，無奈的是妖怪數量實在太多。而且地面泥濘不堪，不適合奔跑。從前方沼澤冒出來的泥田坊進逼而來，佑真忍不住「呀啊！」地大叫一聲。

「佑真，你沒事吧？」

蓮往那隻想抓住佑真的泥田坊踢了一腳，並且大聲問道。泥田坊被蓮那一腳踢破肚子，化為一攤泥。蓮的下半身沾滿了泥巴。

「還，還好……」

剛才不小心放開了颯馬的手，佑真慌張地左顧右盼，結果發現颯馬正在撿腳下的石頭丟泥田坊。颯馬準確地投石破壞泥田坊的頭部，陸續打倒接近佑真的妖怪。看來泥田坊雖然模樣很噁心，不過只要擊碎腹部或頭部就會化為泥巴消滅。看到蓮與颯馬接連打倒泥田坊的模樣，佑真居然在這種危急時刻感到小鹿亂撞。

（帥哥的英姿！啊啊，現在就算死在這裡我也甘願了！）

蓮與颯馬的戰鬥模樣看得佑真心蕩神迷，甚至忘記逃跑。正當他為自己能看到這麼棒的畫面而感動之際，一旁被打倒的泥田坊化為泥巴噴濺到他的臉頰上。

「好燙！痛死啦！」

臉頰頓時發燙，痛得他忍不住大叫。

『皮膚接觸到泥田坊的泥巴可是會燙傷的。沒有印記的你們要當心！』

夏瑪現在才提醒他們，佑真臉色發青四處逃竄。夏瑪殺出一條路，帶著眾人逃離泥田坊。

「唔、唔、唔啊啊啊啊！我受夠啦！」

才剛慶幸遠離了泥田坊，大和就突然恐慌吼叫，以驚人的速度拔腿狂奔。

『等一下！不是往那個方向！』

大和不顧薩巴拉的阻止，有如脫兔一般衝過沼澤與沼澤之間的草叢。當他的身影被叢生的蘆葦遮擋而看不見後，換都發出慘叫。

「等等！大和先生，等等我！」

都往大和消失的方向奔去。薩巴拉與夏瑪揮劍打倒還追著他們的泥田坊後，皺起眉頭。

『那個笨蛋，竟然擅自行動。怎麼辦？』

夏瑪與薩巴拉面對面討論起來。佑真擔心再這樣下去，都與大和會被棄而不顧，著急地抓著夏瑪的衣襬。

「我們去追他們吧！要是在這種地方迷路就不得了了！」

佑真大聲說，薩巴拉與夏瑪陷入沉思。

『全部的人一起去追很危險。萬一偏離路線，有可能會遭受意想不到的妖怪攻擊。薩巴拉，你去追那兩個人。我帶他們去旅館。』

夏瑪以無奈的口氣這麼說。薩巴拉用袖子擦掉劍上的泥巴，回了一句『好吧，之後再會合』，便往大和他們消失的方向奔去。

見祂們沒有要拋下兩人不管，佑真放下心來，不過大和他們要不要緊啊？

『快走吧，天要黑了。』

夏瑪仰望天空，往跟大和他們相反的方向邁開腳步。泥田坊害得他們全身都是泥巴。佑真受到保護，所以狀況還好，反觀颯馬與蓮簡直像在水田裡玩了泥巴。

「你們兩個剛才好帥喔……假如有餘力我真想錄下來。好像電影場景，看得我好興奮。」

佑真回憶著兩人的英姿，神情陶醉地說，蓮傻眼到無力地垂下肩膀。

「呃，這是你的感想嗎？你不覺得可怕嗎？剛才算是很大的危機吧？」

蓮一臉呆愣地問，佑真露出害羞的笑容。

「因為萌感勝過恐懼感嘛。」

見佑真呵呵笑著，颯馬佩服地眨了眨眼。

「真不愧是小佑。」

「哎呀，你那副小騎士模樣真是令我悸動不已呢。話說回來，大和先生要不要緊啊？颯馬，你應該知道結果會怎樣吧？要不要緊？」

佑真若無其事地詢問，颯馬不假思索地大力點頭。看來雖然不能開口說，但可以點頭回答。既然知曉未來的颯馬都表示不要緊了，之後應該能平安無事地再度見到大和吧。

「呼。」

蓮擦拭臉上的泥巴，結果反而讓臉頰上的泥巴變得更大片。佑真本來想拿手帕幫他擦乾淨，但沾著泥巴的模樣同樣英氣十足，於是便默默看著他。

「為什麼看著我笑？我沾到泥巴了嗎？」

自己分明只是面帶微笑看著他，蓮卻一副覺得可疑的態度這麼問，颯馬見狀便拿出手帕說：「爸爸，您的臉沾到泥巴了。」

「對了，先前大和先生頻頻喊累，結果跑得倒是挺快的呢。」

蓮用颯馬的手帕將臉上的汙垢擦掉。那的確不像身體疲倦的人能達到的奔跑速度……

「大和叔叔是因為吃了小佑的羊羹才恢復精神啦！小佑做的食物能讓人恢復元氣。」

聽到颯馬笑咪咪地這麼說，佑真面露微笑暗爽在心裡。雖然他覺得那只是客套話，但聽到別人這麼說感覺並不壞。

『不要聊天快點走。萬一又被其他妖怪盯上該怎麼辦？』

夏瑪偏頭以嚴厲的語氣提醒道，佑真他們趕緊加快腳步。

脫離溼地地帶後，周遭景色變得截然不同。之前都是荒地，現在卻明顯出現了像樣的路。不知道能否稱之為幹道，地面鋪著砂礫，還擺著看似路標的石頭。隨處可見有著稻草屋頂的民宅，呈現一幅恬靜的田園風景。原本那麼陰沉的天空，也配合這幅景致灑下明亮的陽光。最令人驚訝的是，他們與戴著斗笠、背著包袱的旅人擦肩而過。

「剛剛那是妖怪嗎？」

佑真懷著不敢置信的心情詢問夏瑪。行走在幹道上的居然是身穿和服的女子。雙方交會時女子還對他們點頭打招呼，露出親切的微笑。

『那是管狐吧。這一帶有很多管狐。』

夏瑪以一副沒什麼大不了的口吻回答。妖怪乍看居然長得跟人類沒兩樣，實在很不可思議，因此每次看到外表像人的妖怪，佑真就會問同樣的問題。

『管狐平常都會保持人類的模樣。祂們是在練習變身。』

夏瑪小聲說明，佑真明白後遠遠望著怎麼看都像人類的管狐妖怪。既然外表能變得如此神似人類，就表示妖怪也有可能已混進人類社會了。佑真看到小孩子跑進田裡捕蟲，那些孩子搖著沒能藏起來的尾巴。

『這裡就是今晚入住的旅館。』

當夜幕籠罩這一帶時，夏瑪在一棟有著稻草屋頂的民宅前這麼說。那是一棟街門頗為氣派的大宅子，夏瑪對著裡面大聲說『我是閻羅王的使者』，便有一名身穿日式長袖圍裙的妙齡女子拉開格子門出來接待。

『哎呀，歡迎各位遠道而來。』

將黑髮盤在腦後的女子對眾人微微一笑。佑真他們點頭行禮後，女子雙眼圓睜驚呼道。

『各位是遭到泥田坊的攻擊嗎？看起來好慘。我先帶各位去把泥巴清理掉吧。』

大概是從佑真他們的模樣看出發生了什麼事，女子先把他們帶到中庭。中庭有一口井，女子使用手搖式水泵汲取井水。佑真他們便用乾淨的水清洗臉部與手腳。

『請進。』

將大部分汙垢清理乾淨後，女子請眾人進入屋內。房屋構造跟人類的房子一樣，也有鋪著木地板的走廊，房間則是鋪榻榻米。打掃也很用心，牆壁與地板都很乾淨。而且！這裡居然有廁所！只不過這裡用的是旱廁。

『替換衣物就放在這裡喔，至於髒衣服我會幫各位洗乾淨。各位都累了吧？要不要先泡澡？還是要先用餐？』

進入八張榻榻米大的房間，放下背包後，剛才那名女子便送三件浴衣過來。

「這裡有澡堂嗎？」

佑真吃驚地大聲詢問，女子笑咪咪地點頭。

『不過我們用的是五右衛門澡盆，所以一次只能一個人泡。』

不僅有洗乾淨的浴衣可以穿，旅館也很乾淨，而且還有澡堂可以泡澡。佑真感動地與蓮及颯馬抱在一塊。因為第一天與第二天都很慘，佑真還以為整趟旅行都是如此。這裡跟人類的旅館相比毫不遜色。

「我要泡澡！」

佑真想在晚餐前先洗個澡，於是立刻舉手。女子招手說『請往這兒走』，帶他到宅子的後側。獲得第一個泡澡權利的佑真，被帶到面向後院的石造小屋。屋內設置著充滿懷舊風情的五右衛門澡盆，也就是在爐灶上架著一個當作澡盆的大鐵鍋燒水洗澡。有個嬌小的女孩正在給爐灶添柴，蒸氣從牆上的窗口飄散出去。五右衛門澡盆的旁邊還有一處用來清洗身體的地方。

『現在水溫剛好，請用。』

小女孩抹掉汗水，點了個頭後便離開了。佑真脫掉身上的浴衣，將裝在桶子裡的熱水從頭淋下去，把身體洗乾淨後，踩著漂浮在熱水上的木板輕輕地沉入澡盆裡。

「啊啊——棒呆了。」

洗澡水熱得剛剛好，身心都放鬆了。佑真泡著熱水，檢查身體各個地方。雖然被泥田坊的泥巴噴到，幸好沒有燙傷。自己也沒有受傷，頂多是腳踝有點瘀青。

（大和先生不要緊吧？）

捧著熱水洗把臉，佑真想起走散的大和與都。要是再忍一會兒跟他們一起走，此時此刻大和也能在這裡泡熱水澡的說。

佑真一面祈禱薩巴拉能早點找到大和與都，一面哼著歌享受熱水澡。

等佑真他們依序洗過澡，整個人變得乾淨清爽後，女子便端來三人份的食案。晚餐有燉鯖魚、當季涼拌菜、白飯與味噌湯。這可說是他們來到這裡後，第一次吃到的像樣食物。

「哎呀，真好吃呢！」

佑真與蓮及颯馬面對面吃晚餐，臉上掛著笑容。這頓晚餐當然稱不上五星級料理，但跟頭兩天的食物相比，今天好歹是人類能吃的東西，光是這樣就讓人覺得美味了。佑真他們用餐的時候夏瑪似乎也跑去泡澡了，祂換上新的黑色漢服，一副神清氣爽的模樣。

「請問，大和先生他們怎麼樣了？」

等到夜也深了，眾人都安頓下來後，佑真詢問夏瑪。夏瑪豎起耳朵左右搖頭，然後皺起眉毛。

『看樣子還沒找到，不過應該很快就會發現他們吧。撇開都不談，那個叫做大和的男人沒有印記，在這裡很惹眼。』

夏瑪以冷淡的語氣回答，似乎不怎麼擔心大和。

「這樣啊……」

接下來只能等待好消息了，於是佑真他們乖乖退下。

剛剛收走食案的女子再度過來，從壁櫥拿出被褥。佑真也一起在房間裡幫忙鋪被褥。八張榻榻米大的房間裡，兩組被褥並排在一起，另一組則貼著這兩組被褥鋪在上方。被褥也晒得柔軟蓬鬆，完全沒有異味。

『還有這個，請用。』

鋪好被褥後，女子端著托盤過來，將裝著飲料的陶瓷杯擺在移到牆邊的矮桌上。

「這是什麼？」

探頭一看，杯裡似乎裝著果汁。

『是蘋果口味。』

女子笑咪咪地回答後，便行了一禮離開了房間。

「是蘋果味的果汁嗎？」

颯馬喜孜孜地舉杯飲用。他津津有味、咕嘟咕嘟地喝光，一放下杯子，整張臉立刻漲紅起來。

「你、你沒事吧？」

見颯馬的臉一下子就變得紅通通，佑真著急地抱住他的身體。颯馬整個人搖搖晃晃，頭暈目眩。

「嗚嗚，身體好熱。」

颯馬眼神迷濛這麼說，蓮趕緊拿起杯子湊到嘴邊。

「這不是酒嗎？」

喝了一口後，蓮傻眼地說。颯馬誤以為是果汁，全部喝光了。

「要不要緊啊？這樣會不會急性酒精中毒？」

餵酩酊大醉的颯馬喝了些水後，佑真讓他躺進被窩裡，臉色鐵青地問。

「唔——這酒應該沒那麼烈……佑真你也喝喝看。」

蓮歪著腦袋這麼說，於是佑真也拿起杯子喝一口。喝起來酒精濃度的確沒那麼高。口感也不錯，能夠理解颯馬覺得好喝而一口氣喝完的心情。

「呼哇～～感覺好舒服。」

颯馬輕搓發紅的臉頰，表情放鬆下來。這孩子看起來是喝醉了，總之應該不要緊吧。他似乎不想吐，身體也沒不舒服。

「也許在妖怪的世界裡，小孩子也可以喝酒吧。」

判斷女子只是出於好意才送酒過來後，佑真決定讓颯馬躺著休息，觀察他的狀況。颯馬很快就沉沉睡去，就算叫他也沒醒來。

「看樣子颯馬應該沒事。我們也睡吧。」

蓮摸了摸颯馬的頭這麼說。昨晚他們只能靠在一起坐著休息，連要躺下來都沒辦法，因此光是能睡在軟蓬蓬的被褥裡就很讓人感動了。佑真也覺得疲憊，才九點就早早鑽進被窩裡。

躺下之後，強烈的睡意立即席捲而來，佑真陷入熟睡。他睡得又熟又香，連個夢都沒作，後來不知怎的突然醒來。

睜開眼睛，便看到陌生的天花板，耳邊傳來颯馬的呼吸聲。房內略顯昏暗，只有擺在角落的行燈散發亮光。睡在旁邊被窩裡的蓮翻了個身，微微睜開眼睛。

「……你醒了嗎？」

蓮打著呵欠問道，佑真點頭察看手錶。現在是丑初四刻，凌晨兩點左右。因為睡飽了，佑真現在精神很好。

「颯馬他……看起來不要緊呢。睡得很熟。」

誤喝了酒的颯馬露出一張健康的睡臉。佑真探頭察看後，安心地把脖子縮回來。

「大和先生不知道要不要緊。」

佑真在黑暗之中，悄聲對蓮這麼說。

「畢竟姊馬上就追過去了，我想應該不要緊，明天再問問看吧。」

蓮也將音量降到像在說悄悄話，以免吵醒颯馬。佑真想跟蓮靠得更近一點，於是慢慢接近旁邊的被窩。

「……你要過來這邊嗎？」

注意到佑真靠了過來，蓮掀起棉被這麼問。朦朧的黑暗之中，胸襟敞開的浴衣與蓮那張俊美容貌躍入眼底，看得佑真心裡小鹿亂撞。

「這畫面簡直就像是獎勵事件CG呢。」

佑真著迷地邊說邊鑽進棉被裡，蓮聽得一頭霧水。

「什麼是事件CG？」

看來不打電動的蓮沒聽過這個名詞。蓮的被窩很溫暖，佑真將鼻頭抵在蓮的頸邊嗅著他的味道。

「嗯——點燃慾火了。」

佑真抱著蓮，小聲說道。蓮摸著佑真的頭髮，輕吻他的額頭。

「要做嗎……？」

指尖揉捏著佑真的耳垂，蓮用撩人的嗓音問。佑真抬頭瞄了一眼睡在上方的颯馬。這孩子的睡相似乎不太好，人都睡到棉被外面了。

「不行啦，我會叫出聲音……他已經十歲了，應該會知道我們在做什麼吧。」

雖然自己很想跟蓮親熱，但颯馬也睡在同一個房間。這次只能放棄了吧……佑真緊貼著蓮的身體，嘆了口氣。

「只要你憋住聲音不就好了？」

蓮的手繞到佑真的腰部，掀起浴衣的下襬，然後隔著內褲揉著臀部。那隻大掌以略強的力道又揉又捏，害佑真忍不住臉紅。

「就說不行了……我絕對會叫得很大聲啦。」

佑真以頭磨蹭蓮的臉頰，想要制止那隻手。但蓮的手不僅不離開臀部，還隔著內褲撫摸股溝。

「喂、蓮……嗯。」

蓮的手指略微用力按壓後穴，佑真的腰肢不由得抖了一下。正要抱怨時，蓮堵住了他的嘴巴，吻出聲音，佑真露出迷濛的眼神抓抱著蓮。蓮的吻技很高超，時而輕柔啃咬，時而舔舐，時而吸吮，吻得佑真越來越爽快，頭腦發昏。

「嗯、唔……嗯。」

蓮趁著舌吻的空檔，將手滑進內褲裡。手指直接刺激後穴，佑真不禁屏住呼吸。

「唔……！糟糕、了。」

蓮的舌頭舔著上顎，帶來陣陣刺激，令佑真忍不住縮起身子。手指深深地鑽進了後穴。蓮那粗長的中指，以熟練的動作翻攪著內部。

「好嘛，佑真，只要安靜地做就不會被發現。」

蓮語帶調戲地悄聲說，然後敞開佑真凌亂的浴衣胸襟。乳頭遭手指輕捏，佑真趕緊咬住嘴唇。蓮的氣味越來越濃烈，體內逐漸發麻。由於身體跟蓮緊貼在一塊，才稍微愛撫一下而已，佑真就勃起了。

「你都已經溼了不是嗎？」

蓮輕咬耳垂，小聲笑道。埋在裡面的手指一動，佑真便雙頰泛紅，一抽一抽地扭動身子。遇見蓮之前他一直以為自己對性看得很淡，可現在身體卻變成光是聞到氣味下半身就會溼掉。

「唔唔……蓮，要是叫聲變大就捂住我的嘴。」

腰部隨著蓮的手指動作而抖動，佑真這般懇求。性教育對十歲的颯馬來說還太早了。他希望完事以前盡可能別被颯馬發現。

「嗯，我知道。佑真，換個方向。」

蓮以疼愛的目光注視表情放鬆的佑真，抽出埋在裡面的手指這麼說。佑真改為背對蓮的姿勢，然後將棉被拉上來。他得先做好預防措施，這樣就算颯馬醒來，也不至於讓他發現兩人正在做什麼。

「插進去的話還是有風險，這次就用大腿做吧。」

蓮在耳邊低語，將佑真的內褲脫到大腿處。浴衣在棉被裡幾乎整個掀起，蓮緊貼著佑真的後背。感覺到蓮對著後頸吐出一口熾熱的氣息，緊接著背後就傳來窸窸窣窣的聲響。

「嗯……！」

蓮將性器抵在佑真的股溝上。不知不覺間蓮也勃起了，灼熱的硬物磨蹭著他。

「佑真……」

蓮以帶著情慾的嗓音在耳邊呼喚，側躺著緩慢擺動腰部。性器的前端滑過股溝，磨蹭後穴與囊袋。

「嗯、嗯……」

蓮的手在胸口摩挲，捏著乳頭又扭又轉。與蓮變成這種關係後，乳頭就成了佑真的敏感帶。以指尖彈撥、拉扯，腰部便會竄過酥麻的電流。

「乳頭很舒服吧？」

蓮笑著輕輕拉扯挺起的乳頭。佑真死命捂著自己的嘴巴，滿臉通紅地點了點頭。兩邊的乳頭遭到玩弄，體溫因而升高。

「屁股變得好淫。」

手指持續不斷地刺激乳頭後，每當蓮擺動腰桿便會聽到水聲。

「怎、麼辦……？可能會弄髒、棉被。」

佑真喘著氣，發出沙啞的話音。因為佑真發覺不光是蓮的射精前液，他自己的愛液也從後穴流了出來。

「嗯……變得這麼淫，可能會不小心插進去……」

蓮的呼吸越漸紊亂，性器前端偶爾會頂到佑真的後穴。要是插進去自己一定會大聲叫出來的，但著急歸著急，越是擔心會被颯馬聽見，身體就越是敏感。

「我可以進去嗎……？佑真，可以嗎……？」

蓮以性器前端挑逗著後穴，同時吐出火熱的氣息。佑真心跳加速，眼泛淚光，尖聲喊著「不行、不可以」。

蓮將佑真的腰肢拉向自己，一口氣將性器前端推了進去。灼熱的巨物突然插進體內，佑真頓時大大地向後一仰顫慄不已。

「抱歉，不小心插進去了……哈啊，裡面好熱。」

蓮喘著氣，不斷將性器推到裡面。明明沒做什麼愛撫，內部卻已柔軟放鬆，接納著蓮的灼熱。

「呀……！就跟你說不行了……啊！啊！」

就算想抵抗，腰部以下也變得又酥又麻，嘴裡只發得出嬌喘聲。蓮將性器埋到中段後，氣喘吁吁地窺向颯馬。

「放心，他睡得很熟……不過，聲音要憋好喔。」

蓮在結合的狀態下從背後擁著佑真，佑真磨蹭滾燙的臉頰。蓮的灼熱正埋在身體裡，撲通撲通地搏動著，令佑真失去理性。佑真感到爽快，不自覺地收縮內部。

「唔……！佑真，這樣很不妙。」

每當他夾緊銜著的性器，蓮的聲音就益發沙啞。只是插進去而已，腰部就舒服到融化了。

「嗚嗚，好舒服喔……啊……！啊……！」

雖然死命捂著嘴巴，但蓮只是輕輕擺動腰桿，身子就忍不住扭動。佑真抖動肩膀喘著氣，抬頭看向颯馬。確定聽得到熟睡的呼吸聲後，他才稍微放心。

「我會動得慢一點……好嗎？」

蓮含弄著耳垂，照他說的以慢到令人心急的動作挺著腰桿。心癢難耐的感覺使佑真更加敏感，大口大口地喘氣。

「……嗯！……嗯！咿唔……！」

性器猛地進到深處，輕柔地戳著內壁。在這種狀態下，蓮同樣相當亢奮，性器變得比平常還大。前端的冠狀溝抵著內側，佑真大大地往後一仰。

「不、啊……！……嗯！」

蓮的手再度繞到胸前，捏著乳頭，佑真忍不住逸出高亢的叫聲。耳邊傳來蓮紊亂的呼吸聲。

「佑真，你的氣味變濃了。」

蓮以興奮的聲調喃喃說道，擺動腰桿的動作逐漸加快。佑真發出無聲的呻吟，眼尾流下生理性的淚水。乳頭與體內同時受到刺激，全身都出汗了。雖然蓋著棉被，但蓮的動作越來越激烈，肉體的拍打撞擊聲都洩漏出來。

「咿、咕……！啊……！啊……！」

全身好像都成了敏感帶，接觸到的部位全都感到舒爽。就連蓮噴吐在後頸的氣息都讓身體酥麻到融化，佑真猛力伸直四肢。

「啊啊啊……！」

當蓮頂到深處的瞬間，無法抵抗的快感席捲而來，佑真終於在棉被裡射精了。他立刻用浴衣接住精液，情不自禁地逸出嬌聲。蓮隨即以大掌捂住他的嘴巴，並將性器推到更深處。

「呼……！哈、唔……！」

感覺得到埋在體內的蓮變得格外火熱，並將黏稠的液體灌注在甬道裡。蓮的搏動傳遞了過來。佑真喘得上氣不接下氣，蓮同樣喘到肩膀不斷抖動。

「……唔唔。」

正當兩人沉浸在甜蜜的餘韻之中時，颯馬翻了個身並發出哼聲。佑真與蓮都嚇得一抖，僵住不動。

「嘶……」

過了一會兒又聽到颯馬熟睡的呼吸聲，兩人大冒冷汗放鬆下來。看樣子總算是過關了，沒被颯馬發現。

「咯咯……真糟糕，剛剛太興奮了。抱歉，我沒戴套。」

蓮一副憋不住的樣子笑了出來，在佑真的耳邊低語。

「我也是……果然還是直接射在裡面比較痛快哪。」

佑真也將漲紅的臉轉向後方。蓮將嘴脣湊過去，給他一個蜻蜓點水般的吻。之後蓮便拔出性器，佑真依依不捨，不知該拿發燙的身體怎麼辦才好。

本命是α

◆4 又見天邪鬼

由於昨天吃了一頓像樣的晚餐，佑真同樣很期待早餐，最後送來的食案上擺著鹽味飯糰、醃漬小菜與溫泉蛋。不愧是變身成人類的妖怪，這間旅館的店主很瞭解人類的飲食習慣。雖然飯糰抹的鹽有點少，醃漬小菜的味道也很淡，不過光是能吃到像樣的東西就讓人心滿意足了。

吃完早餐後夏瑪來到房間，秀出停在肩膀上的黑鳥。

『我跟薩巴拉聯絡上了。都與大和平安無事。祂說他們嚴重偏離路線，所以要繞過山來跟我們會合。預計在後天投宿的旅館碰面。』

夏瑪讓傳遞訊息的黑鳥停在肩上這麼說明。

「太好了。」

佑真與蓮、颯馬互相對視，懸在心中的大石總算能夠放下。幸好兩人都平安無事。雖然行程與原本的計畫不同，後天晚上應該就能看到他們開心的表情吧。

『那就出發吧。』

夏瑪看向做好準備的佑真他們這麼說後，便跟管狐打聲招呼，離開旅館。由於這間旅館有乾淨的水可以使用，能在這裡清洗貼身衣物真是幫了佑真很大的忙。這趟旅行到了第四天，佑真也逐漸看習慣妖怪鄉的景色，腳步變得輕快許多。再加上昨晚睡得很好，現在整個人神清氣爽。

在幹道上走著走著，民宅漸漸多了起來，天空也隨之變得明朗。頭三天的天空大多烏雲密布陰沉暗濁，現在則相當於一般陰天的亮度。越是接近閻魔大王居住的中心地帶，這種情況就越顯著。而且，路邊還出現零星幾家攤販，來來往往的妖怪也變多了。妖怪們一發現佑真他們，便一副覺得稀奇的樣子靠了過來。夏瑪只得忙著驅趕祂們，看起來很辛苦。

「這一帶很熱鬧呢。」

行經攤販林立的道路時，佑真對夏瑪這麼說。以兩條腿行走的妖怪身上穿著和服，有的還穿著木屐。陳列在攤子上的東西五花八門，從蟲子、礦石到某種生物的肝都有。颯馬興致勃勃地探頭察看攤子，蓮只好拉著他走。

『閻羅王所住的泰山府更加繁榮。』

夏瑪自豪地挺起胸膛。

「咦？閻魔大王不是住在地獄嗎？」

佑真吃了一驚，這般反問夏瑪。閻魔大王給人的印象，就是一位宣讀死者生前的所作所為，裁決其去處的冥界之神。佑真還以為祂就住在地獄。

『那裡只是工作場所，閻羅王不僅有自己居住的寓所，假日還喜歡看書呢。』

夏瑪一臉呆愣地回答，佑真聽了之後恍然大悟。的確，假如一直待在地獄又沒休假，那根本就是血汗企業。就算是冥界的神明也需要假期吧。

佑真他們悠閒地邊走邊欣賞風景，中午在賣糰子的店休息。糰子有點過硬，嚼得下巴很痠，不過沒想到妖怪鄉居然也有糰子店，實在很不可思議。

之前佑真都以為妖怪躲在陰暗潮溼的地方，但這邊的妖怪不僅會綰髮插簪，將自己打扮得漂漂亮亮，還有小孩妖怪穿著花稍的和服捕蟲、玩遊戲。看上去很像日本民間故事的風景。

「妖怪鄉好有趣喔。」

颯馬騎在蓮的肩膀上，樂呵呵地說。

「是啊，我也覺得有趣。感覺好像穿越了時空呢。」

佑真也表示同意，但蓮卻一副看不下去的態度搖了搖頭。

「這裡才不有趣，是很危險的地方，你們可別搞錯了啊。這次是因為有夏瑪大人在，我們才能安全地行走，否則的話，沒有印記的佑真馬上就會被吃掉。」

蓮擺出嚴肅的表情提醒佑真他們。由於自己一直沒什麼緊張感，佑真覺得蓮說得有道理，隨即繃緊神經。

「你剛剛很有爸爸的樣子，超帥的呢。終於真切體認到這是自己的孩子嗎？」

佑真以熱情的眼神注視著讓颯馬騎在肩上的蓮。到了第四天，蓮似乎也熟悉颯馬了，兩人變得很有父子的感覺。

「馬上就適應的你才奇怪啦。像大和先生雖然變得很窩囊，但那才是正常的反應好嗎？」

蓮扶著颯馬細瘦的腳，半眯著眼直盯佑真。

「光是看著身處在奇幻世界的你與颯馬，我就能吃下三碗飯了。」

佑真邊笑邊用智慧型手機拍下蓮與颯馬的相片。只要照這個樣子繼續拍攝各種模樣的蓮，搞不好就能製作新的寫真集了。被拍的模特兒若是長得好看，無論什麼畫面果真都美得像一幅畫。

「先提醒你，回到原本的世界後，相片應該會全部消失喔。」

蓮用同情的語氣偷偷在佑真的耳邊這麼說。

「咦！不會吧！」

佑真露出絕望的表情大聲吶喊，夏瑪聽到後轉過身來。

『蓮說得沒錯。在陰間拍的東西怎麼可能讓你保留下來。』

夏瑪似乎早就知道這件事，臉上掛著壞心的笑容。得知自己幫蓮與颯馬拍的一堆相片最後全都會消失，佑真相當沮喪。那些相片居然只能在這裡欣賞，真是國寶級的損失。他忍不住噙著淚水，再看一次儲存在手機裡的相片。

「有必要這麼沮喪嗎……？反正十年後颯馬的相片想拍多少都能拍，你就打起精神吧。至於我的相片不是隨時都能拍嗎？你就那麼想要以妖怪鄉為背景？」

蓮有些疑惑地盯著佑真。

「你不懂！我想永遠保留誕生在這一天、這個時候、這個剎那的光輝，你都不懂我的心情！我不是想拍風景！而是想拍你們兩個！因為以後不會再有相同的瞬間！」

看到佑真含淚這麼解釋，蓮與颯馬不由得抽動臉頰。

「嗯……我的確不懂……」

「我也不懂……」

佑真不理會傻眼的蓮與颯馬，自顧自地凝視著手機螢幕，要將影像烙印在腦海裡。

「哎唷……喂啊。」

大概是邊走邊看手機的關係，佑真被腳下的石頭絆倒。他狠狠地滑倒在地，忍不住喊痛。摩擦到膝蓋了。

「誰叫你邊走邊滑手機。」

正當蓮要伸手拉他起來時，聚集在攤販那兒的妖怪們一同轉向這邊。不光是先前就好奇地偷瞄佑真他們的妖怪，連本來沒注意到這幾個人類的都搖搖晃晃地靠了過來。從狐狸或狸貓這類動物妖、模樣近似女人的妖怪，到獨眼小僧等等，各種妖怪紛紛向他們包圍而來。

「怎、怎麼了？」

佑真感受到詭異的氣氛，揉著疼痛的膝蓋站起來，靠到蓮的身邊。夏瑪一臉嚴肅地擋在佑真前面。

『你流血了嗎？』

祂偏頭這麼問，佑真捲起褲管一看，發現膝蓋下面磨破皮流著血。

「啊，對。可是血只流了一點點耶？」

『你的血味，快要讓妖怪們失去理智了。馬上處理傷口！』

夏瑪拔出腰上的劍催促。蓮臉色鐵青地將颯馬放下來，從背包拿出OK繃。

『閻羅王有令，凡是危害此人者皆可罰！』

夏瑪對著步步逼近的妖怪們高聲警告。大部分的妖怪聽到祂的聲音後就恢復理智，垂頭喪氣地退下，但是智商不高的非人型妖怪們，依舊流著口水把手伸了過來。佑真心急地捲起褲管，用帶來的瓶裝水清洗傷口，然後貼上ＯＫ繃。傷勢既不嚴重，流出來的血也只有一點點而已。光是這麼一點血就會讓妖怪的眼神變得不一樣嗎？

「嘿！」

佑真感覺到站在背後的夏瑪揮下了劍，與此同時有個烏黑的塊狀物滾了過來。看樣子祂砍了靠過來的妖怪腦袋。回頭一看，有個穿著髒兮兮的和服、缺了腦袋的生物倒在地上。另一隻不怕死的狸貓頭妖怪緊接著逼近，最後同樣被夏瑪砍死了。

「佑真，不要離開我身邊喔。」

蓮低聲叮囑，瞪著進逼而來的妖怪們。連年幼的颯馬都將佑真護在自己的背後。

『出了什麼事！』

氣氛正緊張時，有一群身穿黑色制服的妖怪匆匆忙忙趕了過來。這群妖怪有著一張人臉，不過身上還長著獸耳與獸尾。服裝看起來很像舊時的軍服，祂們多半是警備隊吧。祂們一來，企圖接近佑真的妖怪們立即如鳥獸散。

『原來是夏瑪大人。』

一隻身材魁梧的妖怪屈膝跪在夏瑪身前，祂看起來像是這個黑衣團體的領袖。夏瑪用手帕擦拭劍鋒，然後將劍收回鞘內。

『祂們是這個村莊的警備隊。』

夏瑪小聲告訴佑真他們。

『我正在執行閻羅王交代的任務。剛才把企圖攻擊我們的妖怪們砍死了，麻煩你們收拾屍體。』

夏瑪淡淡地說明，看似警備隊領袖的妖怪回答『我明白了』，然後對著部下抬起下巴示意。警備隊以草蓆裹住夏瑪砍死的那些妖怪，將屍體搬離現場。

『那位就是……這可不妙呢。他散發著非常香的味道。』

看似警備隊領袖的男妖怪盯著佑真，不自覺地伸舌舔嘴。

『可以麻煩你們護送他們到旅館嗎？』

夏瑪這麼問，看似領袖的男妖怪點頭應答，然後派部下包圍佑真他們。看樣子警備隊願意送他們到旅館。歇口氣後，佑真收起智慧型手機。以後走路一定要專心。話說回來，沒想到那種程度的擦傷，居然會讓妖怪變得不對勁。一切都是因為自己沒有印記的關係嗎？

在警備隊的包圍下，佑真他們前往位在村莊中央的旅館。今天投宿的旅館是一棟外側圍牆帶有屋頂的建築物，看上去就像老字號旅館。雄偉的松樹將樹枝伸到了二樓向外凸出的格子窗。正門的屋簷上掛著『鶴屋』這塊店名招牌，佑真滿心期待。

『哎呀，恭候各位多時了。歡迎光臨鶴屋。』

拉開格子門，便有一名身穿和服的女子現身，跪坐下來以雙手三指觸地，恭敬地迎接他們。雖然外表看起來是位年輕女子，但背後有條毛茸茸的尾巴搖來搖去，對方應該是狐狸類的妖怪吧。

『那麼我們就告辭了。如果有什麼事需要幫忙，儘管聯絡我們。』

警備隊的領袖對著夏瑪與佑真他們點頭行禮。佑真他們也不斷道謝，然後與警備隊道別。

「鶴屋」是一家無可挑剔的旅館。走廊也很乾淨，入住的房間是散發藺草味的乾淨和室，而且這裡好像還有溫泉。如果女服務生與其他員工沒長尾巴，乍看會誤以為是普通旅館。

『只要待在這間旅館裡，應該就沒問題了吧。你們三個千萬不要出去啊。』

再三叮囑後，夏瑪離開房間。和室裡只剩下佑真、蓮與颯馬，身心都放鬆下來。

「機會難得，要不要去泡溫泉？」

蓮如此提議，佑真與颯馬二話不說立刻點頭。換上旅館準備的浴衣，並將需要的東西裝進束口袋後，佑真他們前往位在一樓中庭的溫泉。這裡不僅有更衣室，也有廁所，而且還提供毛巾。整體而言跟人類的旅館差不多。

「哎呀——旅行真棒呢——終於開始有蜜月旅行的感覺了。」

到沖洗處將身體洗乾淨後，佑真泡在溫泉裡以開朗的語氣這麼說。溫泉水呈混濁的白色，雖然沒標示有何功效，不過疲勞的身體逐漸得到了療癒。這座以岩石圍起的溫泉面積相當大。現場除了佑真他們以外沒有其他客人，簡直就跟包場澡堂沒兩樣。

「下次我們再正式去度蜜月吧。不過身為同業，這裡的設施真令人好奇啊……待會兒來考察各個部分吧。」

蓮似乎對溫泉場的裝潢，以及更衣室的備品等很感興趣，雙眼都亮了起來。不知道是不是覺得水很燙，颯馬滿臉通紅地浸在溫泉裡。

「颯馬，你對於自己家跟別人家不一樣這件事有什麼想法？學校裡有沒有人叫你怪胎？」

佑真泡著溫泉，提出自己很憂心的問題。聽說蓮與都兩姊弟，從小就因為不好的流言蜚語而傷心難過。小孩子對與自己不同的事物很敏感。佑真擔心，颯馬會不會因為從小跟妖怪相處，導致他在學校無法融入同學的圈子。再加上，他的雙親還都是男人。

「是有那種人啦，但我長得好看，班上的女生都會袒護我。」

颯馬爽快地回答，雖然是自己的孩子，佑真仍被那副帥氣的模樣擊沉。從颯馬的態度來看，他在班上女生面前一定是個小紳士吧。這孩子的處世能力說不定比自己還強。

「而且檢查後確定第二性別是 α，所以班上的男生也對我另眼相看。」

颯馬自豪地說，佑真忍不住捧住臉頰。

「原來你是 α 嗎！那不是很棒嗎！真了不起！幸好沒有繼承我的血統！」

其實佑真一直偷偷煩惱著，颯馬會不會是 β。雖然長相神似蓮，但不曉得是否連第二性別都一樣。他擔心要是自己害颯馬淪為平凡的 β 該怎麼辦，所以這對他而言是好消息。佑真十分開心，嘩啦嘩啦地拍打水面，反觀颯馬卻一副沮喪的樣子下垂著腦袋。

「颯馬，你怎麼了？」

蓮注意到颯馬的異狀而摸了摸他的頭，結果颯馬淚眼汪汪地看著佑真。

「我沒有繼承小佑的血統，為什麼要高興呢？」

颯馬神情悲傷地問，佑真不明白他的意思，轉頭看向蓮。為他不是平凡的 β 而高興難道錯了嗎？

「小佑總是為我不像您而高興，可是我非常……難過。感覺就好像不被您承認是自己的孩子，我不喜歡。」

看到颯馬抽抽搭搭地哭訴，佑真驚訝地張大了嘴巴。原來颯馬是這麼想的啊……佑真恍然大悟。他認為自己是在誇獎孩子，但聽在颯馬耳裡，或許會覺得「不像」這個字眼具有負面的意思。

養育颯馬的這段期間，佑真的心裡一直有個想法：雙親都是男人，颯馬一定覺得很討厭吧。說不定別人會覺得他噁心，或是瞧不起他，或是把他當成笑柄。所以為了盡量避免讓颯馬感到不愉快，在公共場所自己就低調一點，遠遠地守護著他吧。畢竟自己本來就偏好遠遠地欣賞偶像，這麼做應該是最妥當的。

（我是這麼想的，但……颯馬不一樣嗎？）

結果跟佑真想的不同，眼前這個噙著淚水的小男孩，反而感到越來越寂寞。

（啊啊，我終於明白，為什麼自己會不敢相信颯馬是自己的孩子。）

與嬰兒颯馬相處時，佑真會覺得不真實，不敢相信這是自己的孩子，是因為內心在抑制自己不可以把他當成自己的孩子。這麼可愛、將來應該會成為帥哥的孩子怎麼可能是自己的兒子，真是太僭越了。他懷著這樣的想法，在心裡劃下一條界線。

根本沒考慮到最重要的颯馬會有什麼樣的心情。

「因為佑真對自己的評價異常的低，才會不小心說出這種話啦。不過他對你有著滿滿的愛喔。」

蓮搔了搔颯馬的頭笑道。

「我有感受到小佑的愛，只是方向很奇怪……」

颯馬揉了揉眼睛回答。未來的自己大概是把這孩子當成第二號偶像欣賞與喜愛吧。這情景不難想像，佑真撓了撓頭。

「對不起喔，颯馬。」

越想越覺得愧疚，佑真抱緊颯馬。他以額頭磨蹭颯馬的小腦袋，指尖抹過颯馬淚溼的眼尾。

「我的心裡存在著偶像不可侵犯條約。好比說把偶像跟自己擺在同一個世界會感到惶恐啦，或是覺得單純支持就心滿意足了等等……但是，颯馬不喜歡這樣的話，我會努力改變想法的。」

佑真以充滿決心的眼神看著颯馬，颯馬露出乾笑。

「呃……您能不能別再有那種偶像崇拜？」

「你在說什麼傻話！像你這樣可愛的天使出現在眼前當然要崇拜吧！」

佑真激動地說，蓮見狀誇張地嘆了口氣。

「你不是說要改變想法嗎？」

聽到蓮的指摘，佑真沮喪地垂下頭。想法沒那麼容易改變，自己親身示範了這個道理。

「真虧颯馬能長成這麼乖巧的孩子。畢竟要是每天都聽佑真這樣讚美，就算變成驕傲自大的討厭鬼也不讓人意外呢。」

蓮感到佩服，將溫泉水澆在颯馬肩上。

「嗯，因為小佑讚美我後，爸爸一定會提醒我『剛才是幻聽』、『可別得意忘形喔』，所以現在我也能冷靜接受那些讚美了。」

颯馬對著佑真露出不像個孩子的了悟的笑容，佑真覺得自己彷彿看到了將來他們三人互動的畫面。讚美得太過分，的確有可能害孩子變成自我感覺良好的自戀狂。佑真希望颯馬成為長相與個性都好的帥哥，於是反省自己要懂得適可而止。

就在一家三口聊天之際，後方傳來微弱的笑聲。佑真感覺到視線而回頭一看，不知何時溫泉池裡多了一位客人。對方是個瘦骨嶙峋宛如仙人的老人。稀疏的白髮蓋在頭上，老人掬一捧水潑溼自己的臉。之後便擺出覺得有趣的表情看著他們，倏地靠了過來。

老人對著蓮詭異地咧嘴一笑。

『你不是馨的兒子嗎？』

見老人向自己搭話，蓮嚇得往後一退。馨是女將的名字。對方是認識的人嗎？假如這裡是陽間，他們就會毫無顧慮地與對方交談，但在陰間的溫泉場就得抱持戒心了。畢竟這裡是澡堂，此刻他們可是一絲不掛毫無防備。蓮與颯馬移到佑真前面，面向老人。

「您認識家母……？」

蓮以謹慎的態度觀察老人。

『哈哈。我啊，以前為了療養，曾去過「七星莊」。』

老人直爽地說了起來，蓮稍稍放鬆戒心說：「原來您是以前投宿過的客人呀。」

『當時真是受你們旅館很大的照顧，於是我賦予女將可以分辨說謊者的能力當作謝禮。剛剛看到你的頭上有那道印記，所以我猜你可能是女將的兒子，覺得懷念才過來打聲招呼。』

老人笑咪咪地說，聽到這段耳熟的故事，佑真頓時睜大眼睛。

「天邪鬼？」

也難怪佑真會這麼大叫。女將和蓮都擁有一種能力：在他們眼裡，說謊者的臉看起來是黑的。聽說賦予他們這項能力的就是天邪鬼。蓮也想到了這件事，目不轉睛地看著老人。

「您就是……」

蓮翕動著嘴脣，一副不知該說什麼才好的模樣。既然叫做天邪鬼，佑真還以為對方會是外貌更像小鬼、頭上長角的妖怪，但眼前這位看起來就像隨處可見的枯瘦老人，即便出現在佑真他們的世界也完全不會格格不入。

『怎麼樣？我給你的能力有派上用場嗎？』

老人用溼淋淋的手抓了抓白髮，側著頭問道。

「坦白告訴祂，那個能力害你很困擾比較好吧？」

佑真忍不住對著蓮小聲嘀咕。如果自己眼中的多數人臉看起來都黑黑的，這樣是很難在社會上生存下去的。要是沒有這種能力，蓮應該就能跟更美的對象結婚了說。

「……雖然以前曾帶給我困擾，不過現在算是……很感謝吧。」

經過一番深思後，蓮靦腆地這麼回答。正當佑真想插嘴罵蓮「你在說什麼啊」時，蓮露出極為燦爛的笑容轉頭面向他。

「多虧這項能力，我才能遇見佑真。」

他帶著令人小鹿亂撞的笑臉這麼說，聽得佑真一顆心悸動不已。居然認為遇見自己是幸福而非不幸，佑真深深覺得蓮真是個怪胎。一定是因為天天看著自己那張俊美的臉，才會看習慣而對美麗事物感到麻痺吧。

『是嗎？』

老人倏地靠近，拍了一下蓮的肩膀。

『將來也許還會再去打擾你們。畢竟「七星莊」能治百病哪。』

輕輕點頭打過招呼後，老人便起身離開溫泉池，走出澡堂。

「呼——！嚇我一跳。」

見到妖怪向他們搭話，颯馬緊張到筋疲力盡，軟綿綿地靠向佑真。佑真也放鬆下來，抱住颯馬。

「真沒想到會在這裡遇見天邪鬼。外表看起來很普通呢。」

佑真看著蓮的臉說。

「就是啊。回去之後再告訴媽這件事吧。」

澡堂再度只剩他們一家三口，三人悠哉地泡著溫泉，天南地北閒聊。今晚旅館會端出什麼樣的餐點呢？佑真期待著晚餐，潑了潑溫泉水。

「鶴屋」是一家不錯的旅館。晚餐很豪華，有天麩羅、烏龍麵與生魚片拼盤，早餐則是分別用豆腐皮與芥菜包起來的飯糰，以及用多種蔬菜烹煮並以醬油調味的卷纖湯。這樣一看，餐點跟他們平時吃的差不多。由在「七星莊」擔任廚師的佑真來看，「鶴屋」提供給他們的餐點要比之前的旅館更具自信。

「謝謝你們的照顧。」

吃完早餐後，佑真一行人離開「鶴屋」，請警備隊護送他們到村莊外圍。離開這個村莊後便是一條鋪設完善的幹道，走起來比之前輕鬆。雖然偶爾會遇到斜坡，不過坡度很和緩，跟一開始的山路相比好走多了。

「夏瑪大人，『七星莊』該不會是位在鄉下的祕境溫泉吧？」

佑真回憶昨晚經過的村莊氣氛，這麼詢問夏瑪。隨著旅行的日子一天天增加，見到的妖怪越來越多，道路也經過鋪設修整，還看得到店鋪或娛樂設施。反觀最初幾天，四周都是岩山，誠然是一幅荒野的景色呢。

『現在才發現嗎？妖怪們會去你們的旅館，就是衝著治百病的祕境溫泉。從我們的角度來看，那裡是相當偏僻的鄉下。』

夏瑪露出牙齒這麼說。那張臉乍看很可怕，但佑真知道祂是在笑。起初夏瑪很沉默寡言，不過一起旅行之後，大概是彼此越來越熟的關係吧，祂的話也跟著變多了。

『今晚在下一個城鎮過夜。沒意外的話會在那裡跟薩巴拉他們會合。』

夏瑪察看地圖後這麼說。下午經過一個位在幹道旁的村子，以前曾來「七星莊」投宿的史萊姆就住在這裡。五顏六色的巨大史萊姆跳著在村裡轉來轉去。原來祂們是從這個村子花了幾天的時間來到「七星莊」呀……一想到這兒，佑真便感動不已。一行人在巨大史萊姆的村子裡，享用請昨晚投宿的旅館製作的午餐，休息一會兒後，再度沿著幹道前進。

他們在天黑之前，抵達今晚投宿的城鎮。

「哇啊——是都會耶……」

也難怪佑真的雙眼都亮了起來。這裡無疑是目前見過的最大城鎮，建築物也有兩層樓或三層樓高。而且還有茶店、飯館甚至賭場，以及警備隊駐屯所與私塾。不僅如此，這裡居然還有花街柳巷。

「好壯觀喔，我好像隱約有點印象。」

蓮也驚嘆於繁華的城鎮樣貌。熙來攘往的妖怪也是形形色色，有長著獸耳或獸尾的獸人型妖怪，也有獨眼小僧與轆轤首這類人型妖怪，還有一反木棉與長著手腳的木箱這類付喪神型妖怪。

「簡直讓人眼花撩亂呢！」

颯馬騎在蓮的肩上，心情相當興奮。這裡也有市場，除了食品之外，還賣氣球、風車、簪子與和服布料。本想買點紀念品回去，但妖怪似乎有祂們自己的貨幣，沒有妖怪貨幣的佑真買不了東西。不知是不是出於體貼，夏瑪帶著佑真他們走向店鋪林立的街道。

「好棒喔……」

颯馬露出羨慕的眼神望著妖怪兜售的玩具。那裡有家陳列著一大排面具的店，颯馬不時瞄向佑真。

「請問──夏瑪大人，我們的錢是不是沒辦法在這裡使用呢？」

無法幫自家可愛的孩子買他想要的東西，讓佑真很是懊惱，因此明知不可能卻還是這般詢問夏瑪。

『你想買東西嗎？陽間的錢得換成陰間的錢才能使用。這附近沒有兌幣所喔。』

聽夏瑪說，有個地方可以兌換佑真他們使用的貨幣與妖怪使用的貨幣。而這個相當於銀行的地方，就位在隔壁城鎮。

「咦──要不然，我能不能打個工……」

既然兌幣所很遠，佑真便試著提議打工賺點小錢。

『不行、不行。你們得盡快前往閻羅王的寓所才行，哪有時間工作。』

夏瑪一副很受不了的態度斷然否決佑真的提議。

「能不能通融一下？啊，要不然我帶來的東西，有沒有什麼是可以賣的？」

佑真想到了這個主意，拍手這麼問。如果是人類使用的方便工具，妖怪應該也會想要吧？

「蓮不也曾用手機交換妖怪的消息嗎？」

見佑真用手肘頂了頂自己，蓮不由得苦笑。

「不過我那次比較像是遭到打劫。話說回來，你要拿手機換錢嗎？」

「嗯——反正重要的相片全都儲存在雲端了。既然在這裡拍的相片不會保留下來，賣掉手機也沒關係吧。」

佑真苦惱地這麼說後，夏瑪一臉呆愣地凝視他。

『你有那麼想要錢嗎？你們只是想要那邊的面具吧？』

「咦！您要買給我們嗎？」

佑真懷著期待逼近夏瑪，祂皺著眉頭擺了擺手。

『為什麼要買給你們，我又沒義務做這種事。不過——咳咳。』

夏瑪瞄了佑真一眼。

『你帶來的羊羹……如果給我一條，我可以給你夠買三張面具的錢喔。』

見夏瑪得意洋洋地這麼說，佑真吃驚地睜圓了眼睛。難道祂很喜歡那個羊羹嗎？記得祂不是說自己不愛吃甜食嗎？

「什麼嘛，這點小事當然沒問題。羊羹我做了三條，只要留一條就行了。」

雖然羊羹是做來當作伴手禮送給閻魔大王的，不過只要還留著一條就不會失了面子吧。如果給一條羊羹就能實現自家孩子的願望，這還不簡單。

「來，請收下。」

看到佑真從背包取出一條羊羹，夏瑪的尾巴不停地左右甩動。

『那麼我就給你這個吧。』

夏瑪一臉嚴肅地從有著日本傳統花紋的錢包掏出錢來。雖然態度很嚴肅，但收下羊羹的夏瑪狂搖尾巴，很顯然祂非常高興。

「這就是妖怪用的錢呀。」

佑真仔細端詳貨幣。那是一枚開了孔的銅製硬幣，上面有看不懂的文字與狐臉圖案，不曉得這枚硬幣到底有多少價值。既然祂們平時使用的是妖怪的貨幣，就表示造訪「七星莊」的客人，必然是事先專程把錢換成人類的貨幣才來的。佑真自我反省，決定今後要對妖怪們體貼一點。

「也買了我的嗎？」

佑真在面具店挑了三張面具，然後遞給蓮與颯馬。颯馬的是獨眼小僧面具，佑真的是狐狸面具，蓮的則是閻魔大王面具。

『這樣正好，戴上去看起來就像妖怪，你們不如就戴著面具吧。』

在夏瑪的建議下，佑真他們戴著自己的面具走到旅館。不知是不是戴了面具的關係，其他妖怪看都不看佑真一眼。自己說不定買了個好東西。

今晚投宿的地方，是一家比昨天還要高級的旅館。外觀充滿懷舊氣息，房間則採茶室風格，室內整理得整齊乾淨，擺放著矮桌、坐墊與斗櫃。這家旅館也有溫泉，還有宴會廳、三溫暖與娛樂設施。享受完溫泉後，佑真他們盡情品嘗晚餐的新鮮生魚片、燒烤料理與燉煮料理。

到了差不多要就寢的時間，都與大和終於抵達旅館。

「都姊！大和先生！」

接到夏瑪的通知後，佑真他們來到旅館玄關迎接都與大和。

兩人的模樣都很狼狽，大和更是消瘦憔悴。

與他們同行的薩巴拉一副疲憊的樣子捶著肩膀，然後和夏瑪互碰鼻子問候彼此。

「嗚嗚、嗚嗚嗚……！」

「太好了……終於見到你們了。」

大和一見到佑真他們就抽泣起來，至於都大概是安心了吧，筋疲力盡地癱坐在玄關。

大概是繞路過來的關係，他們似乎經歷了一趟相當艱辛的旅程。

雖然沒碰上危險的妖怪，但走的都是崎嶇難行的爛路。

佑真不好意思告訴兩人，後來他們一家三口都在舒舒服服地享受旅行。

「大和、先生……？」

正當佑真為重逢一事高興之際，蓮一臉疑惑地直盯著大和。

「大和先生原來長這樣……？」

蓮把臉湊近大和，困惑地說。

「怎麼啦？又不是第一次看到那張臉，有什麼好奇怪的？」

佑真驚訝地歪著腦袋問道，蓮搔了搔頭拿起都的行李。於是他們先帶快要昏倒的兩人去房間，邊吃飯邊問分開之後的情況。

「我真的差點就死了。哇賽，真好吃——！昨天和前天都沒吃到像樣的東西……！不敢相信這居然是妖怪的飯。好吃！」

大和逐一解決了餐桌上的所有餐點。

「真的，有種被迫減肥的感覺。聽薩巴拉大人說，途中有個地方正在施工，我們才會走艱險到難以置信的爛路。」

都也用不輸給大和的氣勢，將湯灌進喉嚨裡。

「都小姐還因為太餓而吃草呢。」

大和笑著用筷子戳起燉煮芋頭。

「大和先生不也吃了沒見過的可疑果實。」

都回想起來忍不住發笑。

兩人的互動看得佑真不禁莞爾，將身體靠向蓮與颯馬。

走散的時候佑真還擔心兩人不曉得會怎麼樣，這就是所謂的雨過天晴嗎？兩人之間的氣氛很不錯。

雖然一路上餐風露宿，還經歷種種困境，但兩人的心反而變得更親近吧。

這樣看來應該能順利見到閻魔大王了。

「真奇怪啊……」

蓮看向大和，一副不能理解的樣子喃喃自語。佑真泡茶慰勞都與大和兩人，完全沒留意到這聲自語。

◆5 謁見閻魔大王

與閻魔大王見面的日子終於到了。

溫泉與乾淨的房間療癒了疲勞的身心，吃完精緻的早餐後，眾人打理好服裝儀容準備謁見閻魔大王。佑真與蓮皆穿西裝外套並打上領帶，打扮得很正式，反觀大和穿著繡了龍紋的棒球外套，都則穿著針織連身洋裝。不會見到閻魔大王的颯馬，反而打扮得比大和還要正式。行李幾乎都留在旅館裡，送給閻魔大王的伴手禮重新用包袱巾包好，請蓮拿著。見過閻魔大王後，他們會再回到這家旅館。

「終於到了這趟旅行的最高潮呢。」

佑真正了正衣領，回憶這幾天的時光。儘管一開始的時候還覺得前途未卜，不過只要能順利見到閻魔大王，這就算是一趟愉快的旅行了。

聽說閻魔大王的寓所位在隔壁城鎮，走出旅館後發現，身穿黑色制服的警備隊已在外面等候。看來祂們是要充當護衛護送佑真他們。這支警備隊是由一群有著黑色牛頭、體格強壯的男妖怪所組成，祂們帶著劍守護在佑真一行人的前後，臉上沒有半點笑容。頭上長著兩隻看起來很硬的角，個子全都有兩公尺高。

「好恐怖！壓迫感好強！」

看到高大的黑牛包圍著他們，大和怕得直不起腰背。

「我就覺得眼熟，祂們不是禁止出入我們旅館的奧客嗎？」

都看向警備隊，偷偷地對蓮這麼說。對了，之前的確有住宿客因行為惡劣而被列入黑名單，原來那組客人是效力於閻魔大王的警備隊啊。

『這裡就是閻羅王的寓所。』

一行人在警備隊的護送下抵達目的地，出現在眼前的是一棟純和風的大宅子，周圍繞著白色土牆，鋪著瓦片的屋頂上還有鳳凰裝飾。門前有佩劍的警備隊黑牛站崗，確認過佑真他們的長相後，便打開莊嚴沉重的門扉。

寬敞的中庭裡種植了許多櫻花樹，大池塘旁的櫻花開得正燦爛。就庭園的漂亮程度來看，閻魔大王應該是位極具美感的神明吧。一想到接下來要跟管理妖怪的大頭目見面，佑真就緊張起來。

『那麼，就在這裡換回來吧。』

薩巴拉停在正門口，一把抓著颯馬的頭。下一刻便冒出黑煙，站在旁邊的佑真嗆到咳嗽。當他回過神時颯馬已經消失了，懷裡則多了一份沉甸甸的重量。

「哇哇！」

出現在懷裡的是許久不見的嬰兒颯馬。他正睡得香甜，似乎不知道這裡是哪裡。

「咦！我還沒跟颯馬道別耶！」

看到兒子突然換了回來，佑真激動地抗議。雖然今天早上已向颯馬表達感謝之情，為這趟旅行做個總結，但佑真還以為最後至少會讓他們好好道別。

『有什麼關係，孩子不就在你眼前。好了，走吧。』

薩巴拉似乎沒興趣瞭解佑真他們的微妙心境，走進看似傭人的妖怪所打開的那道門。佑真抱著颯馬，與蓮並肩踏進屋內。門廳的行走處鋪著紅毯，盡頭有扇大門。左邊有座螺旋樓梯，佩劍的警備隊黑牛站在樓梯平臺上。

『歡迎光臨，主人正等著各位。』

一名穿著黑西裝、身材頎長的青年現身，與佑真他們簡單打聲招呼。雖然身上沒長動物的尾巴與鬍鬚，但對方應該不是人類。青年戴著銀框眼鏡，束起茶色頭髮。

『薩巴拉、夏瑪，辛苦你們兩位了。』

銀框眼鏡青年淺淺一笑，慰勞薩巴拉與夏瑪。薩巴拉與夏瑪齊聲回答『不會，應該的！』，深深地鞠躬行禮。

銀框眼鏡青年轉身背對佑真他們，打開盡頭的門，示意眾人跟上來。當下一陣涼颼颼的風從裡面的房間吹出來，佑真與蓮都打了個哆嗦。呼出的氣息變成白煙。由於銀框眼鏡青年不斷往前走，佑真他們也懷著不知所措的心情跟在後頭。門後的房間簡直就是個冷凍庫。佑真冷到牙齒打顫，抱在懷裡的颯馬也不停發抖。再加上周圍很暗，感覺就好像走在鬼屋裡面。兩側牆壁並無照明，僅銀框眼鏡青年所在的地方微微發亮。房間不知道有多大，佑真也不曉得自己正走在哪裡。由於銀框眼鏡青年會發光，佑真勉強能夠藉著微光前進，但蓮、大和與都的臉都模模糊糊看不清楚。

「好好好冷。」

大和依偎著都，邊走邊喊冷。

「請請請請問……」

牙齒咯咯地直打顫，佑真保護颯馬不讓他受寒，並開口呼叫銀框眼鏡青年。

『喔，不好意思。』

銀框眼鏡青年回過頭，發現佑真他們冷到發抖，於是停下腳步。

『原來這個溫度對人類有危險呀。』

銀框眼鏡青年將手探進袖子裡，拿出一個像菸斗的東西，然後吹進一口氣，菸斗噴吐出一縷煙。黑暗中，煙迅速飄向佑真與颯馬，身體突然暖了起來。煙也籠罩蓮、大和與都的身體，大家的體溫都升高了。

『對不起喔。從昨晚開始閻羅王的心情就很不好，屋內才會飄散著寒氣。請各位留意腳下。』

見佑真他們不再發抖後，銀框眼鏡青年再度邁開步伐。佑真他們喘了一口氣後，也跟著往前走。

「……請問，我們要走去哪裡呢？」

跟在銀框眼鏡青年後面走了約五分鐘後，佑真忍不住提問。因為他搞不懂，明明已經進到屋內了，怎麼又在裡面走了五分鐘。步行五分鐘，算起來是一段不短的距離。寓所的外觀雖然寬廣，但看上去就是棟普通的宅子，然而屋內卻異常的大，實在很詭異。而且周圍始終黑漆漆的，搞不清楚對方帶著他們走在哪裡。

『這棟宅子的內部非常寬廣。我們正通過妖徑，前往主人所在之處。』

銀框眼鏡青年笑咪咪地說明。屋內是異空間嗎？謎團越來越深，但因為蓮他們都沉默不語，佑真也就沒再多問。

（嗯嗯？他們很緊張嗎？）

他突然發現，蓮、都與大和的表情都很僵硬，腳步顯得很不靈活。而且視線飄來飄去，像是在害怕周圍的黑暗，緊張感也直線上升。

「沒事吧？你們是怎麼了？」

佑真看不下去而開口問道，蓮抹掉冷汗。

「你什麼感覺都沒有嗎？氣氛分明這麼可怕耶？」

蓮小聲說。佑真只覺得這裡不冷了，感覺很舒適。

「我也不行了……胸口好像快被壓扁了……」

都也一副懨懨的模樣緊緊握著大和的手。

「我我我我也、不行了……好恐怖……好恐怖……」

當中抖得最厲害的人就是大和，每次一有小動靜，他就會嚇一跳往後看。

佑真感受不到三人所說的可怕氣氛，納悶地歪著腦袋。

「咦？抱歉，我完全沒感覺。」

聽到佑真泰然自若地這麼說，三人隨即以異樣的眼光看他。佑真猜想，也許這裡存在著靈異感受力很強的人才感覺得到的某種東西。因為大和的靈異感受力好像很強，蓮和都則是長期在妖怪旅館工作。

「要不要抱抱颯馬？抱著嬰兒的話，感覺應該會好一點吧？」

佑真心想孩子應該能帶來療癒的力量，便將颯馬交給蓮，結果才過了幾秒颯馬就哇哇大哭起來。剛剛在佑真懷裡時分明睡得很香甜呀？

「抱歉，應該是我的恐懼傳染給颯馬了。颯馬可以給你抱著嗎？」

蓮臉色鐵青地將颯馬還回去，佑真心想「是這樣嗎？」，伸手接住孩子。颯馬一回到佑真的臂彎裡就停止哭泣，再度閉上眼睛。

「暗處有東西……有東西……」

大和似乎很怕周圍的黑暗，渾身抖個不停。

『閻羅王就在那裡等著各位。』

一束光線射入黑暗之中，緊接著眼前就看見一道紅色大門。銀框眼鏡青年大步流星地站到門前，門應聲開啟。當下現場亮了起來，不知不覺間他們已站在鋪滿大理石的大殿裡。這是個大到能開舞會的房間，天花板很高，內殿有座高了幾階的舞臺，舞臺上設置著寶座。寶座上坐著一名男子。兩旁有獸型妖怪拿著大團扇，拚了命地對著寶座搧風。團扇上頭有火焰圖案，一搧就會吹出暖風。要不然閻魔大王一直釋放出寒風，周圍似乎就要結凍了。

『閻羅王，那幾名人類到了。』

銀框眼鏡青年伴隨著腳步聲走向寶座，佑真他們也跟著走在中央鋪著的紅毯上。隨著距離縮短，慢慢地能夠看到閻魔大王的臉。銀框眼鏡青年在寶座的二、三公尺前屈膝，並指示佑真他們也跪下來。佑真抱著颯馬跪下，興奮地偷看閻魔大王。

『把頭抬起來。』

聽到這聲低沉有磁性的話音，佑真抬起頭。

坐在寶座上的閻魔大王正看著這邊。祂有著白皙直挺的鼻梁與薄脣，高高束起的黑色長髮垂落在背後。身穿黑底加上紅色裝飾的漢服，頭戴有稜有角的金冠，但是臉上戴著遮住眼部的面具，看不清楚長相。

佑真看著閻魔大王，忽有一股電流竄過他的身體。

（就算戴著眼罩我也曉得……！閻魔大王是個超絕美男子！我的帥哥感應器正嗶嗶嗶地響個不停！）

兩隻眼睛頓時亮了起來，佑真熱情地注視著閻魔大王。如果可以的話，他真想請祂摘掉眼罩露出廬山真面目。

『是人見家的人啊。歡迎你們來取得印記，一路上辛苦了。』

閻魔大王以平淡的聲調這麼說。佑真對蓮使眼色，要他獻上伴手禮。然而蓮一副很難受的樣子低著頭，沒注意到佑真的暗示。仔細一看，都與大和也都臉色發青冷汗直流。

「不好意思，我們帶了伴手禮要送給閻魔大王，能否請您收下呢？」

由於蓮看起來實在很不舒服，佑真便輕輕拿走包袱，恭敬地舉向閻魔大王。

『伴……手、禮……？』

現場的氣氛陡然一僵，在閻魔大王兩旁搧風的獸型妖怪——大概是魑類——臉都綠了，雙雙定格在原地。銀框眼鏡青年也很吃驚的樣子，難道送伴手禮很不妥嗎？

『送朕伴手禮呀……呵呵。陽間居然還有這等稀奇的人類啊。』

原本看起來心情欠佳的閻魔大王，突然出聲笑了起來。難不成在妖怪的世界裡沒有伴手禮的概念嗎？

『那是相當稀奇珍貴的玩意兒吧？』

閻魔大王探出身子問道，佑真將包袱交給銀框眼鏡青年。

「不，一點也不稀奇珍貴。因為那是我做的羊羹。」

佑真直爽地回答，右邊那隻獸型妖怪喊了一聲『居然是自己做的！』後，口吐白沫倒了下去。

『是你做的……？嗯……對了，朕也聽說過「七星莊」的甜點很美味。那麼，朕就用心品嘗吧。』

閻魔大王愉快地對著銀框眼鏡青年微笑，以手示意青年將包袱拿到後面。

『那麼朕就賜給你們印記吧。走上前來。』

見閻魔大王對自己招手，佑真抱著颯馬靠近祂。由於不曉得對方要如何賜予印記，佑真走上樓梯，來到閻魔大王的眼前。

『把頭低下來。』

在閻魔大王的催促下，佑真低下了頭。接著，閻魔大王將手掌放在佑真的頭頂，登時有一股熱流灌入身體裡。接下來閻魔大王也把手掌放在颯馬頭上，重複同樣的行為。

『這樣就打上朕的印記了。』

看到閻魔大王輕輕擺手示意自己可以走了，佑真忍不住露齒一笑。

「謝謝您！」

佑真精神奕奕地道謝後，閻魔大王摸摸下巴，目不轉睛地看著他。

『你……不怕朕嗎？』

閻魔大王語帶佩服地問，佑真搖頭表示不怕。

「看到帥哥，我愛慕都來不及了，怎麼可能會害怕呢！」

看到他歡快地回答，閻魔大王抬手掩著嘴忍笑。

『哈哈，原來如此呀，怪不得敢嫁到「七星莊」。這個人類還真有意思啊。』

閻魔大王揚著嘴角這麼說。雖然聽不太懂對方的意思，總之已經得到印記，佑真便退了下去。接著換大和走向閻魔大王。大和緊張到旁人看了都覺得可憐的地步，他還在前面的樓梯狠狠摔了一跤。大和擺出快哭的表情不停道歉，然後端正地跪坐在閻魔大王的面前。

『給你的印記期限是十年。如果十年後仍想在「七星莊」工作，就再過來取得印記。』

閻魔大王將手掌放在大和的頭上，說出別有深意的話。佑真得到的是沒有條件的印記，但大和的卻有期限，當中是否有什麼涵義呢？

『朕的印記能擊退所有妖怪。希望你們今後也要用心接待去到「七星莊」的妖怪。』

大和搖搖晃晃地回到原本的位置後，閻魔大王鄭重其事地說道。佑真他們將這句話銘記在心，深深地鞠躬行禮。

離開閻魔大王的寓所，再度回到旅館後，蓮、都與大和紛紛吐出憋了許久的氣，倒在榻榻米上。大概是終於解除了緊張情緒吧，三人就像跑完長程馬拉松的跑者一樣精疲力盡。

「原來閻魔大王那麼可怕？當年我還是小孩子，根本不記得了！」

都淚眼汪汪地抱住大和吶喊。

「我真的嚇到漏尿了！好恐怖，真的好恐怖！感覺一對到眼就會被幹掉，所以我死都不敢看祂的眼睛！是說我一直有種被人勒緊脖子的恐懼感，為什麼小哥你卻完全沒事啊？再怎麼遲鈍也該有個限度吧！」

大和漲紅了臉，握拳往榻榻米一捶。

「就是啊！當時我心想『你在說什麼啊』，心臟差點就嚇停了！」

蓮同樣將手貼在額頭上，驚恐地看向佑真。三人看起來都極度緊張，嚇得魂不附體。

「有那麼恐怖嗎……那不就還好我沒問閻魔大王，能不能摘下面具讓我看看祂的長相？」

佑真無法對三人的心情感同身受，邊說邊哄著颯馬。

「要是說出那種話，一定會被殺掉吧！」

三人同時大吼，佑真嚇得往後一退沮喪地垂下肩膀。他覺得閻魔大王的態度沒那麼冷漠呀……有鑑於自己從以前就老是被人罵白目、不懂得察言觀色，這次佑真選擇閉上嘴巴不要多嘴。

「哎唷，不管怎樣，反正已經順利取得印記了，這樣不就好了嗎？」

由於眾人的牢騷實在太多，佑真決定笑著打圓場。他們已經達成來陰間旅行的目的，再來就只剩回家了。

「既然都來到這裡了，不如今天去觀光，明天再回家吧？可以嗎，夏瑪大人？只是晚一天回去，應該沒關係吧？」

佑真向跟來旅館的夏瑪央求道。本來擔心想多住一晚，對方或許會覺得他厚臉皮而生氣，但夏瑪看起來心情不錯。

『這個嘛，既然各位都有印記了，這點小事應該沒關係吧。反正閻羅王也叫我自己好好看著辦。你們明天早上再回去就好。』

夏瑪輕輕點頭同意，於是他們能夠再多住一晚。

『閻羅王決定，回程派羅剎鳥送你們到「七星莊」。太好了呢，閻羅王應該很中意你們吧。畢竟閻羅王不太喜歡人類，這可是很難得的情況呢。』

夏瑪得意洋洋地挺起胸膛。據說羅剎鳥一飛，就能將他們送到目的地。雖然不知道那是什麼鳥，能夠走空路回去的話就省事多了。

「好，今天就盡情地遊覽妖怪鄉吧！」

佑真喜孜孜地舉起拳頭。雖然沒人出聲附和他，佑真的心中依舊充盈著滿足感。

◆6 天邪鬼的言下之意

一行人平安回到「七星莊」後，站在正門前焦急等待的女將總算鬆了一口氣，連忙跑過去迎接他們。回程是由羅剎鳥——一種長得像鶴的大鳥——送他們回來，因此非常輕鬆省事。本來以為是坐在鳥背上飛回來，沒想到羅剎鳥卻用兩隻腳抓著他們的肩膀，以這種相當可怕的方式送他們回家。雖然颯馬開心地呀呀大叫，但羅剎鳥要是雙腳一放他們就完蛋了，實在是驚險萬分。

從上空俯瞰才發現，妖怪鄉比佑真想的還要廣大。除了佑真他們經過的地方外，土地還延伸到遠方。假如下次還有機會過來，那一定就是生下第二個孩子的時候吧。真希望還能再來這裡玩……佑真懷著這個念頭，享受在空中兜風的樂趣。

看到眾人平安無事歸來，似乎讓女將如釋重負。

「媽，妳會認可大和先生吧！」

都光明正大地挽著大和的手臂這麼說，這下子女將也只能死心接受了吧，她垂下頭來。

「知道了啦，既然閻魔大王都承認了，那就輪不到我插嘴了吧。隨便妳吧。」

女將以乾脆爽快的語氣答道，大和聽到之後也激動地漲紅了臉。兩人開開心心地對看。

「真想跟十歲的颯馬多講幾句話呢。」

蓮幫颯馬換尿布，語帶遺憾地說。雖然曉得以後就能見到他，不過佑真也很想再跟他多說幾句話。無論如何，現在只能竭盡全力照顧好眼前的嬰兒颯馬了。

這下子所有的問題都解決了，每件事都進展得很順利——此時，佑真與在場所有人都這麼認為。等到佑真他們發覺自己搞錯了時，已經是返回陽間一星期後的事了。

這天沒有客人投宿，是「七星莊」難得的休假日。

蓮與岡山一起外出採購食品與備品。佑真他們住在山上，雖然大和每週都會開著小發財車送食品過來，不過有些東西無法透過大和取得。因此每個月蓮都會開車外出一趟，大量採購各種東西。至於佑真則留在「七星莊」照顧颯馬、泡泡溫泉。

傍晚回到「七星莊」的蓮一副很困惑的模樣。

「我可以看清楚別人的臉。」

一回到家，蓮就心慌地這麼說。起初佑真聽不懂這句話的意思，不久這顆震撼彈就在人見家引爆。蓮擁有天邪鬼賦予的能力，因此在他眼裡說謊者的臉看起來是黑的。然而不知道為什麼，現在無論看哪張臉都不再是黑的了。

「怎麼回事？我還是跟平常一樣，覺得那個輕浮男看起來黑黑的呢。」

吃晚餐時，女將皺起眉頭這麼說。本來以為蓮的能力消失了，女將的能力應該也會消失，結果似乎不是如此。這時，佑真想起來了。他們在妖怪鄉見過天邪鬼。

「對了，我們不是在溫泉池遇到了天邪鬼嗎……？是不是當時祂對你做了什麼？」

佑真邊說邊餵颯馬副食品。與他們同桌吃晚餐的都也是頭一次得知這件事，佑真便向兩人描述他們去泡溫泉時，在那裡遇到天邪鬼的情形。

「奇怪？當時天邪鬼問我能力有沒有派上用場，我還很感謝祂耶？」

女將重重地嘆了口氣，輕拍一下額頭。

「就是這句話啦。因為天邪鬼會把別人的話解讀成相反的意思。祂應該是以為你討厭這個能力，才會收回來吧？」

聽到女將這麼說，佑真與蓮面面相覷。

「是喔……原來應該說反話啊……」

蓮一臉愣怔，停下筷子。今晚餐桌上擺著蓮買回來的新鮮生魚片。大概是因為多年來那項能力害自己吃了不少苦，如今能力突然消失，蓮的頭腦似乎反應不過來。

「不過這樣挺好的不是嗎？總比跟臉黑黑的人交談好吧？」

看到蓮不知所措，佑真拍他的肩膀笑著說。如果是佑真自己擁有辨識說謊者的能力，當他發現自己見到的每個人臉都是黑的後，一定會對這個世界感到絕望。說不定會覺得世上根本沒有正直之人，再也不敢相信任何人。

「說得……也是喔。」

蓮輕輕笑了笑，終於又動起筷子。不管有沒有分辨說謊者的能力，對蓮的工作都無任何影響。佑真反而感到慶幸，開心地想著今後蓮外出時心情會很輕鬆吧。

事實上，到了下個星期，蓮便萌生參加高中同學會的念頭。過去蓮鮮少與他人建立關係，但現在能看清楚他人的臉了，所以他想更新記憶中的同學長相。同學會在四月中旬舉辦。當天「七星莊」只有一隻披頭散髮的陰森女妖怪投宿，就算蓮不在也沒問題。白天佑真背著颯馬到後山勤奮地採山菜，晚上則為那名女客人製作櫻餅。女將與都也因為客人只有一位，悠哉悠哉地做著工作。

蓮打電話回來的時候，已過了晚上十點。

『佑真，抱歉。我喝了酒，今天要在這邊過夜。』

蓮以愉悅的聲調這麼說，聽得到他的背後有幾名男女在說話。同學會辦在高知市的鬧區，所以蓮是開車去的。聽到愉快的背景人聲，佑真的內心頓時興起煩悶的負面情緒。

「你喝酒了嗎？不是答應我不喝嗎？」

佑真的聲調會變得尖銳是有原因的。因為蓮有個壞毛病，一喝醉就會變成接吻狂。而且參加同學會——就算有女人盯上蓮也不奇怪。蓮是α，外表又比其他人好看許多。

『抱歉，不知不覺就被他們灌了酒……我明天一早就會回去。』

蓮語帶歉意地說。這時電話插入一聲歡快的話音：『我們去續攤吧！』

「啊，喂，等……」

本來想再抱怨幾句，但蓮不斷道歉後就掛斷了電話。他們接下來要去續攤，蓮變身成接吻狂的風險越來越高了。佑真坐立難安，邊哄颯馬邊用手機發訊息給蓮。

『表情好可怕。』

正當佑真悶悶不樂之際，座敷童子不知何時出現在旁邊，探頭盯著他的臉。

「咦……！」

由於沒發現自己露出可怕的表情，佑真頓時吃了一驚摔住臉頰。自己分明在想蓮，怎麼會露出可怕的表情……

『你擔心蓮嗎？』

座敷童子歪著腦袋問，佑真直盯著躺在被窩裡的颯馬。見佑真沉默不語，座敷童子帶著洩氣落寞的表情離開房間。

剛剛聽到蓮開心的聲音後，佑真才注意到一件事。

之前在蓮的眼裡，說謊者的臉看起來是黑的。但現在這項能力不見了，無論對象是誰他都能看清楚長相。

（選擇我的理由……消失了。）

想到這點，佑真便感到鬱悶，一顆心直往下沉。一直以來，大家對佑真的評價就是「不會說謊、不懂得察言觀色的傢伙」。蓮也曾說，佑真的臉看起來閃閃發亮。可是，現在不管是誰，蓮都能看得一清二楚。佑真那張路人臉，已變得跟裝在紙箱裡的馬鈴薯沒兩樣了。

（畢竟我……是路人嘛。）

再次注意到這項事實時，佑真感到非常難過。自己原本就很平凡，根本不可能跟蓮這種既是α，容貌又俊美惹眼的男人成為伴侶。要是告訴別人自己跟蓮結婚了，任誰都會大吃一驚，還曾有人直截了當地說他們不登對。

（不不不，等一下，這不就是我原本的期望嗎？）

快要陷入沮喪情緒的佑真驀地回過神來，握緊拳頭。

蓮向佑真求婚時，他其實是希望蓮跟自己以外、配得上蓮的美女結婚。因為喜歡幻想的自己，總愛拿蓮與美女同事或美女藝人當作幻想對象並且樂在其中。即使到了現在，拿有張路人臉的自己來幻想仍會令他興致盡失，如果蓮對美女產生興趣了，這不是好事一件嗎？

（就是說啊，雖然剛才忍不住擔心自己會不會被拋棄，或是蓮會不會偷吃，但蓮跟我湊成一對本來就是哪裡搞錯了吧……我反而應該趁這個機會，支持並鼓勵蓮認識美女才對吧？）

儘管這麼一想後振奮了精神，不過心仍舊陣陣刺痛。躺在被窩裡的颯馬露出可愛的睡臉，睡得安穩又安靜。

（我要是跟蓮離婚，颯馬就會變成單親的孩子呢……可是，颯馬應該也比較想要漂亮的媽媽吧。）

用手指戳了戳颯馬柔軟有彈性的臉頰，佑真嘆了一大口氣。本來想等蓮回來，但他今晚應該會在外面過夜，於是佑真決定睡覺。他在颯馬旁邊鋪好被褥，然後關掉電燈躺下來閉上眼睛。

（睡不著……）

他不停翻身，努力要讓自己睡著，但因為心裡很在意蓮的事，怎麼也無法入睡。這種時候颯馬若是夜啼就能讓佑真轉換心情，可是不知為何今天他睡得非常安靜。

「唉……不然拿點心給童童吃吧。」

佑真放棄睡覺，離開房間走向廚房。由於今晚沒有客人，後場與廚房都漆黑一片。他窸窸窣窣地翻找冷凍庫，拿出幾個酒饅頭放進容器裡重新蒸熱。

「童童？」

帶著蒸好的酒饅頭尋找座敷童子時，深更半夜的外頭竟傳來鳥叫聲。佑真從廚房後門走出去，注意到在上空盤旋的烏鴉。烏鴉一發現佑真，立刻飛了下來。牠該不會是想搶酒饅頭吧……佑真趕緊擺出防守姿勢，不過那隻烏鴉的嘴裡叼著信封。

「嗯？」

烏鴉像是在催促佑真收下信封似的，停在眼前的圍牆上，朝著他抬起下顎。

佑真提心吊膽地拿走烏鴉銜在嘴裡的信封之後，烏鴉便發出一聲恐怖的

「嘎——！」，向著夜空飛走了。

『是閻魔大人寫的信。』

正當佑真拿著信封不知該怎麼處理之際，座敷童子突然出現在旁邊，驚訝地眨著眼睛。佑真將信封翻到背面。信封以蠟封緘，上頭的戳印為閻魔的「閻」字。察看收件人姓名，只見優美的字跡寫著「致人見佑真」。

「怎麼回事？」

把酒饅頭遞給座敷童子後，佑真拆開信封。裡面放著一張帶水印的漂亮信紙，上頭寫著前陣子收到的羊羹很好吃，並表示日後會來吃佑真做的甜點。看到後面這行字，佑真驚訝地瞪圓了雙眼。

「雖然搞不太懂對方的意思……看來閻魔大王很滿意那條羊羹，太好了。難道祂要來這裡住宿嗎？」

得到讚美固然開心，但閻魔大王應該不會來這邊的世界吧。畢竟「七星莊」的預約已經排到一年後了，薩巴拉與夏瑪也說閻魔大王工作繁重。

『閻魔大人若是來了，這邊的妖怪生態系會改變的。』

座敷童子邊說邊津津有味地吃著酒饅頭。看樣子閻魔大王是個宛如颱風的存在。據說閻魔大王一經過，妖怪們的身體就會出問題，甚至有妖怪揶揄閻魔大王行經之處寸草不生。這麼說來，蓮、都與大和當時也都變得不對勁，一定是閻魔大王的氣場會讓自律神經失調吧。

「假如陰間有宅配公司，我就能把做好的甜食送過去呢。」

佑真笑著回到屋內，將收到的信封放進斗櫃裡。

翌日中午，蓮才終於回到「七星莊」。他買了蛋糕與童裝回來，說是伴手禮，將東西交給佑真。今天來住宿的客人是一對男女妖怪，聽女將說祂們是來這兒偷情旅行的。不知是不是這個緣故，客人要求他們別在晚餐以外的時間來房間打擾，因此員工們閒得發慌。

到了下午三點的點心時間，女將、都、岡山與佑真他們一起吃蓮買回來的蛋糕。蛋糕是在知名起士蛋糕店買的，吃起來既溼潤又蓬鬆。

「你有跟大家拍照嗎？好想看看你的同學長什麼樣子喔。」

在後場吃蛋糕的時候，佑真強顏歡笑這麼問道。蓮乖乖地拿出智慧型手機，給他看參加同學會時拍的相片。當中有在居酒屋前面拍的大合照，以及同班同學喝酒的相片。佑真鮮少在這種場合拍照，反觀蓮倒是拍了很多張。

「哦，我一不小心就照以往的習慣拿起手機猛拍。」

蓮拿著智慧型手機面露苦笑。

「你也知道，我看到的人臉不是都黑黑髒髒的嗎？所以我很不擅長記別人的長相。因為這個緣故，我都會盡量拍下朋友的相片，偶爾能靠這種方法記住別人的臉。畢竟拍成相片後，看起來就不會黑黑的了。」

其實現在已不需要這麼做，但蓮似乎還是習慣性地拍照。所以他才會像受僱的攝影師那樣拍團體照啊。

「這個女生，我有看過她耶。」

一起看相片的都，指著蓮旁邊的女子這麼說。她是個有著茶色捲髮的可愛女生，身上穿著淡粉紅色的連身洋裝，十分引人注目。

「這女生是蓮的前女友……啊，抱歉！」

都一副不小心說溜嘴的樣子摀著嘴。

「姊，不要亂說。我們沒交往啦，是她擅自闖到家裡。佑真，你別誤會喔。」

蓮以慌張的口吻解釋並瞄向這邊。佑真摸著坐在腿上的颯馬小腦袋，裝出一臉笑容。

「哎唷，我根本、完全、連一丁點都不在意。就算你跟前女友見面，我也OK啊。反正對方很可愛嘛。要是對方不怎麼可愛，我才會反對呢。」

蓮的外遇對象只能是美女。佑真面帶微笑這麼說。為了表現出自己並不在意，他死命地維持笑臉，但臉部肌肉時不時會抽搐。畢竟他本來就不擅長裝笑。

「我跟她真的什麼關係也沒有啦。單純是她糾纏不休，好幾次不請自來闖到這裡。」

「不要緊啦，我真的不介意。」

看到蓮拚了命地解釋，佑真懷著歉意吃著蛋糕。明明是知名店家的蛋糕，他卻吃不出什麼滋味。

「你看起來很開心，真是太好了。」

佑真將吃完的盤子疊起來並這麼說道，蓮大概是想起了什麼，露出靦腆的笑容。

「是啊，很開心。以往跟別人交談時都得提防對方說謊，昨天是第一次能夠毫無顧慮地跟別人聊天呢。」

蓮抱著颯馬笑道。一直以來，蓮都承受著佑真無法理解的痛苦。現在折磨他的事物消失了，身為家人應該一同為他高興吧。自己應當要這麼想才對，但佑真怎麼也無法由衷感到高興，反而覺得心痛。

（我的個性真差勁……對自己真失望。）

佑真既覺得對不起蓮，又覺得自己小肚雞腸，不由得頭暈目眩。心情低落時，用工作來分散注意力是最好的辦法。

「謝謝你的蛋糕，很好吃喔。啊，我差不多該回去工作了。」

將桌上的盤子端到廚房後，佑真嘆了口氣。他先倒洗碗精，將泡沫抹在盤子上，然後打開水龍頭將盤子沖乾淨。過了一會兒岡山也來到廚房，拜託他到後山採晚餐要用的山菜。今晚要做山菜天麩羅給客人吃。

將水槽清理乾淨後，佑真帶著籃子，前往後山。

「佑真！」

就在佑真爬著斜坡時，下方傳來蓮的呼叫聲，回頭一看，發現以嬰兒背帶背著颯馬的蓮朝著他揮手。

「怎麼了？」

佑真停下腳步等著，蓮追了上來，視線游移不定。

「沒有啦，只是覺得你有點怪怪的。昨天我不在的時候，出了什麼事嗎？」

蓮似乎很介意剛才吃蛋糕時佑真的反應。雖然佑真覺得自己擺出的態度跟平常一樣，難道剛剛不小心洩漏出鬱悶的心情嗎？

「什麼事也沒有啦。」

為了不讓蓮擔心，佑真面露微笑，目光投向長著山菜的地方。不知道蓮是不是很閒，他跟在佑真的後面。

「那個——」

站在背後的蓮剛開口，他的手機就響了起來。蓮看了一眼來電者姓名後皺起眉頭，不打算接電話。

「你不接嗎？」

佑真納悶地問，蓮搔了搔頭。

「因為同學會那天有些人擅自將電話號碼輸入到手機裡，待會兒我再設定拒接來電。」

蓮語帶嘆息地這麼解釋，佑真伸手摘下魁蒿。大概是轉為語音信箱了吧，手機安靜下來，佑真瞄了蓮一眼。手機接著發出叮咚叮咚的電子音效，應該是對方傳訊息過來吧。

「擅自輸入號碼的人……是剛才那個女生？」

因為蓮的表情看起來很心虛，佑真忍不住脫口這麼問。見蓮沉默不語，佑真明白自己說對了。

「先聲明，我們真的沒交往過。以前她的臉黑到我根本看不清楚，而且她還闖到家裡，讓我很困擾。昨天我只喝了一杯而已，所以頭腦很清醒，沒有變成接吻狂。」

蓮朝著佑真走近，拚了命地一句接著一句解釋。他是不想遭到誤會吧。既然蓮都說自己沒變成接吻狂了，那麼昨晚就真的什麼事也沒發生。關於這點佑真並不懷疑蓮。他知道蓮不是會睜眼說瞎話的男人。

「我知道啦。要是臉看起來黑黑的，你是不可能跟她交往的吧。」

佑真苦笑道。蓮鬆了一口氣似地點頭。

「可是現在你能看清楚別人的臉了，所以用不著在意我喔。」

佑真摘著叢生在向陽處的楤木芽，同時這麼說道。楤木芽有刺，摘的時候要小心。

「呃？」

蓮發出困惑的聲音，僵在原地。

「如果你喜歡上其他人了，要馬上跟我說喔？如果對象是美女，我很樂意把妻子的位置讓給對方喔。」

摘了幾個楤木芽放進籃子裡後，佑真爽快地這麼說。他自認為這句話聽起來並不低聲下氣，可是真的沒關係嗎？第一個孩子長得好看，要歸功於蓮的強大基因，但佑真認為不太可能連第二個孩子也長得好看。為了留下美形基因，佑真打算在蓮找到新的對象時聲援他。

「……你在、說什麼？」

蓮低聲詢問，佑真轉身看著他。蓮擺出無法理解的表情，直盯著佑真。

「這句話是什麼意思？為什麼要說得好像我會喜歡上別人？」

蓮的聲調變得尖銳，表情也很嚴肅，顯然很不高興。

「難道你懷疑我搞外遇嗎？昨天真的什麼事也沒發生。我在同學會上交談的對象幾乎都是男人，而且也告訴過他們我已經結婚生子了。」

蓮抓住佑真的手臂，差點害裝著山菜的籃子掉下去。

「我沒懷疑你搞外遇啦。剛剛只是假設未來的情況罷了。」

佑真沒想到蓮會不高興，反而驚訝地睜大眼睛。

「什麼叫假設未來的情況？」

蓮加重手的力道這麼問，佑真吞吞吐吐。

「……因為，以後你就可以選擇了對吧？現在的你能夠去喜歡別人了，用不著屈就於我不是嗎？」

為了避免散發出悲壯感，佑真以開朗的口氣說完這句話，蓮聽了之後像是受到打擊般整個人愣住。佑真自認為這句話的意思是「你可以自由了」，但不知為何蓮看起來並不開心。

「你為什麼會說出這種話？好像在鼓勵我搞外遇似的……我不明白你的意思。你是認真的嗎？」

蓮也表現出懷疑的態度，逼近佑真質問。颯馬敏銳察覺到蓮的憤怒語氣，在他背後哭鬧起來，佑真則是默不作聲。佑真本來覺得蓮很體貼，就算喜歡上別人應該也會不好意思說出口，他才會講出這種話，但看樣子蓮並不怎麼領情。

其實佑真心裡有個願望，他希望蓮這種國寶級帥哥能夠與配得上他的美女交往。當然，他們已經結婚，佑真也非常喜歡蓮，對現在的生活並無不滿，但如今狀況與剛結婚時不一樣了。原本在蓮眼裡說謊者的臉是黑的，他就好比是生活在一堆妖怪當中，因此他會把少數能看清楚長相的佑真視為人類也是很正常的。

之前蓮不是沒得選擇嗎？

從蓮的口氣聽來，大部分的人臉都是黑的，所以不會說謊、能夠看清楚長相的佑真才會引起他的注意。蓮也說過，佑真看起來閃閃發亮。有著一張路人臉的自己本來是不可能引起蓮的注意，蓮會對佑真一見鍾情是拜天邪鬼所賜。

（要不然，他才不會選擇既是男人又是路人的我吧。）

佑真「嗯——」地沉吟，低下頭來。

他只是想說希望蓮自由地選擇對象，卻因為措辭不當而害氣氛變僵。他並不是想跟蓮吵架。

「呃——山菜採好了，我們回去吧？」

佑真不希望演變成爭吵，於是改變話題。何況颯馬也在鬧脾氣，他想回旅館進行晚餐的前置作業。

「……佑真。」

蓮看似不滿地低聲呼喚，突然擁住了他。由於被力氣很大的手臂抱住，再加上腳下不穩，佑真踉踉蹌蹌地撲進蓮的懷裡。

「我愛的人只有佑真你喔。」

蓮聞著佑真的頭髮，喃喃低語。佑真死命護著籃子，面露苦笑。

「哈哈……也是啦。」

因為不討厭蓮的溫暖，佑真一動也不動。蓮緊緊抱著佑真好一會兒，直到颯馬真的哭了起來才放手。

「回去吧。」

蓮握住佑真的手，拉著他走下斜坡。佑真順從地跟著蓮走，望著開始變暗的天空。

時序邁入五月，佑真他們住的這一帶日照越來越強。雖然佑真不認為妖怪的世界有黃金週，不過一連好幾天都有團體客前來泡溫泉。今天的住宿客是一群狐妖，祂們化身為穿著和服的女子出現在旅館。得到閻魔大王印記的佑真，最近也能夠從事送餐的工作了。當他將載著餐點的推車推到宴會廳時，只見那群尾巴分岔的狐妖或唱歌或跳舞，好不熱鬧。佑真收拾喝光的一升酒瓶，然後將加點的下酒菜送到各個食案上。現場共有十隻狐妖，其中半數都恢復成狐狸模樣，不過尾巴分成好幾條的狐妖仍保持人的模樣。

由於這群狐妖想吃稻荷壽司，今晚主要是由佑真來製作料理，而不是岡

山。因為連自家人都掛保證，佑真做的稻荷壽司比較好吃。

『噯呀～～小哥，人家等你好久了呢～～』

見雙頰泛紅、和服凌亂的女子挽住自己的手臂，佑真不由得抽動臉頰。對方身後的毛茸茸尾巴分成了五條。狐妖的尾巴分得越多條，地位似乎就越高。這名女子是當中尾巴最多條的狐妖，想必祂就是這群狐妖當中的大姊頭吧。

儘管明白這點，當對方朝自己吹了一口酒氣時，佑真仍然很不給面子地將身體往後一仰。

『你做的稻荷壽司非常好吃呢～～噯，麻煩你也幫我們準備明天要帶回去的伴手禮喔。』

還以為客人只是喝醉酒跑來纏著自己，原來是要訂伴手禮。起初佑真對客人的舉動感到困擾，但一聽到對方稱讚稻荷壽司好吃，表情立刻明亮起來。

「我很樂意！請問要準備幾份呢？」

『這個嘛～～想要稻荷壽司伴手禮的姊妹～～麻煩舉手～～』

有著五條尾巴的狐妖大姊頭開口詢問，狐妖們全都舉起手來。

『麻煩你幫大家都做一份吧。口味如果能多一點，我們會很開心唷～～人家特別喜歡有山葵味道的那種～～』

狐妖大姊頭呵呵呵地笑著，嬌媚地依靠在佑真身上。佑真小心翼翼地拉開祂的手臂，低頭回答：「好的，明天我會在各位出發前準備好。」

離開宴會廳後，佑真捶著肩膀吐了一口氣。由於客人要求今晚吃稻荷壽司，佑真便準備了好幾種口味，看來頗受客人好評。稻荷壽司是一道很深奧的料理。大姊頭似乎喜歡山葵口味的稻荷壽司。

（今晚先把油炸豆皮滷好吧……）

要準備十份伴手禮，稻荷壽司的量可不少。就算要一大早起來製作，最好還是先把前置作業給做好。話說回來，幸好事前採購了大量的油炸豆皮。

佑真推著推車，在走廊上遇到蓮。

「我來收拾要洗的東西吧。」

蓮一起跟到廚房，清洗放在推車上的空瓶。空瓶之後會有業者來回收，所以都集中到擺在後門的箱子裡。

「有客人要帶稻荷壽司回去，所以接下來我要做前置準備。」

佑真這麼說，盡量不去看蓮。那天以後，他與蓮之間的氣氛變得有點尷尬。原因很簡單，蓮想好好溝通，但佑真不願意溝通，兩人之間始終沒有交集。假如是為了夫妻關係以外的事，本身也喜歡溝通的佑真應該就會回應蓮。然而，這次佑真卻一直拒絕跟蓮溝通。

他自己也搞不清楚為什麼。總之他不想跟蓮深談。

因為兩人處於這種狀態，最近他們都是分房睡，晚上就算蓮向佑真求歡，他也會找藉口閃避。

「……佑真，你今天也不跟我一起睡嗎？」

正當佑真用甜味滷汁煮著油炸豆皮時，蓮以忍無可忍的語氣這麼問道。空瓶已全都收拾好，髒盤子也洗乾淨了。

「啊，嗯……我要回自己的房間睡，你可以陪颯馬一起睡嗎？」

佑真邊說邊用筷子戳著鋪滿了大鍋子的油炸豆皮。大概是因為佑真講話時不正眼看人，蓮站到了他的旁邊。由於蓮一直沉默地盯著他看，佑真戰戰兢兢地轉頭，只見蓮帶著怨氣俯視著他。

「總覺得你……自從我的能力消失後，態度就變得很冷淡呢。」

聽到蓮語帶不滿地嘀咕，佑真頓時心頭一驚，倒吸一口氣。

因為佑真也這麼覺得。得知蓮的能力消失後，彼此的關係就變得不對勁。之前分明過著非常快樂的日子呀？

「我喜歡的人只有佑真你喔。你真的明白嗎？」

蓮露出認真的眼神，對著佑真這麼說。

「當、當然。我明白，我明白。」

佑真在心裡埋怨差點打結的舌頭，臉上則露出苦笑。雖然蓮以眼神質疑他

「真的明白嗎」，不過佑真當然也曉得蓮喜歡自己。

——現在的話。

現階段，佑真並不懷疑蓮會搞外遇，也不擔心他會變心。但是，明天呢？後天呢？半年後呢？一年後呢——佑真已不敢確信了。

無論蓮再怎麼向他傾訴愛意，現在的佑真已沒辦法相信蓮說的話。

「佑真，要怎麼做才能讓我們的關係跟以前一樣好？我不知道該怎麼做才對。」

蓮縮短彼此的距離，以焦急的口吻說道。

關係像以前一樣好……佑真回想一家三口到妖怪鄉旅行的事。那段時光真是美好。全家人聚在一起，感覺好幸福。當時跟蓮相處很快樂，自己對未來也沒有一絲不安。颯馬能否健健康康地長大，是佑真唯一擔心的小問題。

「……我……」

就在佑真支支吾吾，不知道該怎麼表達時，耳邊突然傳來一陣輕快的腳步聲。

『閻魔大人來信。』

循著座敷童子的聲音回過頭，便看到他小手舉著一個白色信封。

「閻魔大人？」

蓮吃驚地大叫。他想拿走座敷童子手上的信封，座敷童子立刻將信封藏到背後。

『這是給佑真的，不是給蓮的。』

座敷童子鼓起小小的腮幫子說。佑真將鍋子的爐火關小後，收下座敷童子手裡的信封。信封跟上次一樣以蠟封緘。

「為什麼是給佑真？佑真，上面寫了什麼！」

蓮表情僵硬地凝視著信封。佑真用手指拆開信封，同時納悶地問。

「閻魔大王的信有那麼重要嗎？其實之前也有收到一次。」

佑真這才想起，他沒跟任何人提起自己收到閻魔大王的信一事，連忙反省自己。因為當時只顧著擔心外宿的蓮，他忘記那封信收到哪兒去了。

「為什麼不早點說？啊啊真是的，快點看信！」

被臉色大變的蓮這麼一罵，佑真怯怯地攤開信紙察看。

「信上說，祂明天會來住宿。好像是跟牛頭祂們一起過來耶。此外還要我準備和菓子。」

佑真瀏覽一遍後轉述信的內容，蓮一聽，驚訝到站都站不穩。這麼說來，明天預定會有牛頭妖怪前來住宿。祂們好像跟之前列入黑名單的那組客人沒有關係，而這組客人總共有五名。其中一位成員應該就是閻魔大王吧。

「和菓子呀……要做什麼好呢？」

就在佑真悠哉地思考之際，蓮有如脫兔一般火速衝出廚房。還來不及思考他跑去哪兒，一分鐘後女將與都就趕來廚房。

「聽說閻魔大王要來，是真的嗎！」

女將似乎正打算就寢，她將平常盤起的頭髮放下來，臉上也沒化妝。正當佑真在內心驚嘆「原來女將沒有眉毛」時，都抓著他的身體不斷搖晃。

「為什麼！為什麼要來這種窮鄉僻壤的溫泉！該不會是之前謁見時讓祂不滿意吧！」

女將急得要死，都也不停動搖，整個人相當驚慌。佑真一把信紙亮出來，兩人就互相搶著看，看完之後雙腿一軟跌坐在地上。

「怎麼辦？有辦法明天一大早去買A5級的牛肉嗎……？今晚的客人喝了一大堆酒，明天的份夠嗎……？房間的設備壞了，這樣很不妙吧……」

女將焦慮地在廚房裡走來走去，抓扯著頭髮。

「我不要啦～～人家沒辦法接待閻魔大王！我絕對會出差錯而被砍頭的！」

都披頭散髮地抓抱著蓮。

「我也很怕啊，根本沒自信能保持冷靜。」

蓮也臉色發青地安慰都。

「就算對方是閻魔大王也沒什麼不同啊，照平常接待普通客人那樣服務祂不就好了……況且住宿人數又沒增加。」

三人的態度彷彿是要迎接黑暗邪神似的，看得佑真有點傻眼。都立刻凶巴巴地瞪著他，氣得跺腳。

「因為你是個不懂得察言觀色的遲鈍大王才會不懂啦！閻魔大人可是一位特殊的神明，光是待在祂旁邊就會結凍耶！你才真的是超乎想像的大怪物啦！」

遭到都大聲怒罵，佑真不由得畏縮起來。這件事的責任要歸到忘記通知他們的佑真頭上。因為閻魔大王並未在信中提到具體的來訪日期，佑真還以為那只是社交辭令。他沒想到對方會跟已預約的妖怪一起來。

「對不起，下次我會注意的。」

佑真懷著反省之意低頭道歉，結果都抓住他哭著問：「還有下次嗎？」

翌日佑真清晨五點就起床，做了十盒給狐妖祂們當伴手禮的稻荷壽司。因為一盒裡面塞了好幾種口味，就算一次吃完也不會膩。

『我們還會再來的～～』

上午，狐妖們小心翼翼地抱著伴手禮回去了。之後蓮、都與女將以令人眼花撩亂的動作將房間清理乾淨，接著打掃宴會廳，仔細清洗大澡堂。這段期間，佑真則與岡山一起準備今晚要給住宿客品嘗的料理。

「牛頭妖怪喜歡烤全豬嗎？」

詢問正在中庭製作烤全豬的岡山，他抹掉額頭上的汗珠笑咪咪地點頭。岡山正在火烤向肉鋪購買的整頭豬。豬的肚子裡塞著蔬菜與香菇，以可憐的模樣插在木頭上。岡山很喜歡製作烤全豬，喜歡到把其他的前菜與湯品交給佑真負責。

「聽說某位妖怪大人物請你做甜點？你要做什麼呢？」

岡山邊問邊用圍在脖子上的毛巾擦汗。岡山的腳不方便，所以坐在十八公升金屬方桶上顧火候。

「我打算做草莓大福與練切，另外還有昨晚做好的羊羹。」

佑真想起放在冷藏庫的羊羹這麼說。因為現在是草莓正好吃的季節，佑真才嘗試將草莓大福加進菜單裡。至於練切則正在製作當中。上次當作伴手禮送給閻魔大王的羊羹太過樸素，而這次不用擔心保存問題，所以佑真幹勁十足地決定做成添加栗子與核桃的豪華版。

「因為對方只籠統地要我做和菓子，我就先準備這三道了。」

佑真偷偷觀察岡山，對方和顏悅色地回答他「不錯啊」。

之後佑真回到廚房，賣力製作練切。練切是佑真很喜歡的和菓子之一。這是一種水分較多的生菓子，在白豆沙裡加入砂糖與增加黏性的食材後，再將做好的豆沙團捏製成喜歡的形狀。練切常出現在茶會上，外形隨製作者的品味與手藝而有無數種變化，所以佑真很喜歡。

就在佑真忙東忙西的時候，玄關那兒傳來嘈雜的聲響，於是他停下手邊的工作，脫掉圍裙前往正門。

「歡迎光臨，恭候各位多時了。」

身穿和服的女將與都，以及穿著工作服的蓮，三人在正門前排成一列鞠躬行禮。昨晚女將一副驚慌失措的模樣，不過此刻迎接客人的身影依舊落落大方充滿自信。

今晚的住宿客是乘坐羅剎鳥來的。幾隻羅剎鳥就停在旅館的正門前，收起翅膀休息。一看到來訪的客人，佑真頗感訝異。成員有兩隻牛頭妖怪，薩巴拉與夏瑪，還有閻魔大王。只有閻魔大王穿著時髦的三件式西裝，其他成員都穿漢服。今天閻魔大王同樣戴著面具，但無論是挺拔的站姿也好，修長的手腳也罷，全都散發著帥哥氣息。

果然帥哥就適合西裝。內心久違地沸騰起來，佑真繃緊表情站在蓮的後面。

『喔，今天要麻煩你們了。』

閻魔大王揚著嘴角英姿颯爽地走了過來。當下都與蓮兩人都僵硬定格，女將也死命擺出笑容，但雙腳很明顯在發抖。

『朕想讓羅剎鳥在這兒停留一晚，你們有類似禽舍的地方嗎？』

聽到閻魔大王這麼問，女將與蓮面面相覷。面對意料之外的問題，兩人的頭腦皆一片空白。他們應該是一時想不到可容納那幾隻大鳥的地方吧。畢竟羅剎鳥可是超過兩公尺高的大鳥。

「車庫怎麼樣？把車移出來的話，或許就有足夠的空間了。」

佑真悄聲提議，女將的眼睛頓時亮了起來，背著手豎起大拇指。車庫裡停著蓮開的四輪驅動車與普通轎車。只要將這兩輛車移到停車場，就能空出讓羅剎鳥住一晚的地方。

「我們現在就去準備休息處！」

在女將的指示下，蓮動身前往車庫移車。閻魔大王突然將視線移向佑真，微微一笑。

『之前吃的羊羹滋味令朕難以忘懷。朕可以期待今晚的甜點嗎？』

聽到閻魔大王這麼說，佑真很開心地低頭行禮。

「我會用心，讓您滿意。」

佑真回以笑容，閻魔大王便拍了一下他的肩膀。看來閻魔大王很中意他做的甜點。站在閻魔大王背後的薩巴拉與夏瑪也慢條斯理地點頭打招呼。大概是曾跟薩巴拉及夏瑪一起旅行的緣故，能夠見到久違的祂們，讓佑真內心十分雀躍。他沒想到自己會結識妖怪，不過認識祂們也不是壞事。

「請進。」

女將領著閻魔大王進屋。佑真則受牛頭妖怪所託，牽著羅剎鳥的韁繩。鳥背上裝著鞍，韁繩就繫在鞍上。羅剎鳥的長頸與頭部並無任何裝備，因此佑真原本以為，自己這個陌生人一拿起韁繩可能就會被啄，沒想到羅剎鳥很乖巧地跟著他走。

「請問需要毛毯或水嗎？」

將三隻羅剎鳥引到車庫裡後，佑真這麼詢問牛頭妖怪。

『只要水就好。麻煩裝在桶子裡送來。』

不知牛頭是不是負責照顧羅剎鳥，祂很仔細地檢查每一隻的狀況。蓮把車移到停車場後返回車庫，佑真與他分工合作，將水裝進桶子裡再搬到車庫。羅剎鳥伸著長頸，喝著桶子裡的水。

「上次送我們一程的羅剎鳥是用腳抓著乘客，反觀這些孩子卻讓乘客坐在背上耶。」

佑真主動與牛頭妖怪攀談，對方聽了之後豪爽地哈哈大笑。

『那是因為，羅剎鳥不想讓人類坐在自己的背上。牠們跟之前送你們回來的是同一批鳥喔。』

「啊，這樣呀！原來如此。也是啦，從牠們的角度來看會覺得陌生的人類很可怕吧。」

佑真覺得對方挺平易近人的，所以也用輕鬆的態度回答。

『因為牠們不熟悉人類嘛。』

雖然牛頭妖怪這麼說，不過羅剎鳥並沒有要危害佑真的樣子。

『對了，我聽說烈火隊那些傢伙被列入黑名單禁止出入這裡呢。真是痛快。那些傢伙總是惡作劇過了頭，所以風評很差。』

牛頭妖怪像是突然想起似地這麼說，瞇起眼睛笑得很得意。祂說的烈火隊多半是指以前在這間旅館鬧事的牛頭妖怪吧。蓮與都非常討厭祂們，因此女將才答應姊弟倆以後不再讓祂們住宿。

「對不起……老實說，我分辨不出你們的長相。」

雖然眼前的牛頭妖怪喜孜孜地談論這件事，不過在佑真的眼中，烈火隊與眼前的妖怪外表並無區別。大概是佑真講得太過直白吧，站在背後的蓮心頭一驚。

『喂喂！完全不一樣好嗎！我比祂們更有男子氣概！』

牛頭妖怪滔滔不絕地大聲反駁，但語氣並不憤怒，反而還笑著用力拍了拍佑真的後背。幸好對方是隻心胸寬大的妖怪。

正當佑真與牛頭妖怪笑著聊天的時候，後方一直有人在使勁拉扯他的衣領。只見蓮擺出可怕的表情，對他搖了搖頭。每次與妖怪交談時，蓮總是像這樣制止他。看來蓮並不希望佑真跟妖怪混熟。他在擔心得到印記後便積極嘗試接觸妖怪的佑真。

「我來為您帶路。」

見羅剎鳥已經安頓好了，蓮便帶著牛頭妖怪前往房間。佑真目送他們，然後回到廚房繼續做自己的工作。

烤全豬完成時，佑真將開胃小菜與餐前酒擺到推車上，交給等著送餐的都。都帶著悲壯的表情推著推車離開。

「要不要緊？我是感覺不出來啦，今天閻魔大王的壓迫感還是很強嗎？」

都回來後佑真便這麼問，只不過是往返宴會廳與廚房一趟，都整個人變得相當憔悴。

「我一把餐點送過去，就很明顯地感受到失望的氣氛。閻魔大王的心情一差，房間就會降下五噸重的空氣。」

都嘴角抽搐這麼回答。

「隨行的妖怪們呢？」

「感覺就像是閻魔大王的信徒。」

重重地吐出一口悶氣後，都將下一道餐點放在推車上。之後由蓮與都輪流送餐，每次回來兩人的臉色就益發蒼白。

「怎麼辦？閻魔大王完全不肯吃。」

尤其到了後半段，蓮更是散發出走投無路的困窘感。聽說烤全豬這道料理牛頭妖怪吃得很開心，但最重要的閻魔大王卻只吃一口就不吃了。

「咦，真的嗎？難道不合胃口嗎？可是開胃小菜大家都吃完了耶？」

佑真洗著髒盤子，困惑不解地說。他試著問蓮閻魔大王吃了哪幾道菜，不知為何只有佑真做的料理祂都吃光了。

（祂知道那是我做的嗎？應該不可能吧。）

謎團越來越深，不過現在已到了上甜點的時間，佑真切好草莓大福與羊羹擺到盤子上，然後跟茶一起放上推車。

「這個我來送吧。」

因為是閻魔大王要他做的甜點，佑真親自推著推車送過去。

到了宴會廳，只見長方形黑色大矮桌擺在中央，客人就坐在坐墊上聊得正起勁。看來祂們喝了不少酒，桌上擺著日本酒。

「這是甜點。」

佑真點頭行禮，將盛放著草莓大福與羊羹的盤子送到閻魔大王面前，對方見狀面露微笑說：『終於來了啊。』閻魔大王脫掉了西裝外套，此刻一身絲質白襯衫搭配黑色背心與長褲的打扮。明明喝了酒，服裝卻仍大致保持整齊，臉也一點都不紅。

『你陪朕一下吧。』

等佑真將甜點與茶送到每位客人的位置上後，閻魔大王對著他招手這麼說。佑真懷著感謝對方專程前來的心情，聽話地來到旁邊。

「請問餐點不合您胃口嗎？」

佑真端坐在閻魔大王旁邊問道。閻魔大王用短木籤將羊羹切成小塊，然後送進嘴裡。

『唔——嗯。好吃……』

閻魔大王露出陶醉的神情嚼著羊羹。祂喜歡甜食嗎？在佑真的注視下，羊羹與草莓大福一下子就吃光了。

『真有意思呢。本來以為只有你做的和菓子如此，沒想到所有料理都下了咒。』

聽到對方乾脆爽快地這麼說，佑真吃了一驚睜大雙眼。

「咦？您說下了咒？」

正想抗議自己才沒下那種玩意兒時，閻魔大王瞄了一眼薩巴拉與夏瑪。兩者都津津有味地大口吃著羊羹，並深深地點頭贊同閻魔大王的話。

『朕只是來吃你做的東西。只要吃一口，馬上就能分辨是不是你做的，所以另一位廚師的料理朕就沒吃了。剛才說的下咒，並不是不好的意思。硬要說的話，就是料理施上了會變得美味的法術。』

「會變得美味的法術……？」

佑真困惑地複述一遍，閻魔大王看向推車。

『正是。相較於人類，你做的東西應該更受妖怪喜愛。你還準備了什麼呢？快點拿出來吧。』

閻魔大王以眼神催促佑真。被祂看出來了嗎？佑真將放在推車下層的重盒拿出來，擺在閻魔大王面前。

「這是練切。我試著按照閻魔大王的形象來製作。」

佑真打開盒蓋，秀給閻魔大王看。這個多層漆盒內部細分成好幾格，總共放了二十五個練切。這可是佑真的精心力作，五顏六色的練切，有圓形，有方形，還有花朵、水果、飛鳥的造型。因為女將告訴佑真花錢也沒關係，上頭還嘗試用金箔點綴。由於成品做得太好了，佑真甚至還拿智慧型手機拍照留念。

『哦哦……這可真精緻啊……』

閻魔大王帶著興奮的神情，一個一個仔細端詳後，再用短木籤切成小塊細細品嘗。佑真一面添著茶水，一面佩服地看著這景象。閻魔大王豈止是甜食愛好者，根本就是甜食狂魔等級。佑真原本的打算是，讓所有客人想吃多少就盡量吃。畢竟練切有二十五個，而且吃完一頓晚餐後，一位客人要吃掉五個練切是很勉強的。

然而，這真是太神奇啦！閻魔大王居然獨自！把練切全都吃光了！

『閻羅王……！您該不會連一個都不分給我們吧？』

一直眼巴巴地等著自己那一份的夏瑪，發現閻魔大王全吃光了，急得欠身詢問。佑真也驚訝過度，看得目瞪口呆。看樣子夏瑪格外喜歡佑真做的和菓子。

『抱歉。朕的手停不下來。』

將嘴巴擦乾淨再喝杯茶後，閻魔大王不以為意地這麼說。那兩隻牛頭哈哈大笑起來，佑真也跟著啞然失笑。都說氣氛很沉重，但這樣一看就像是普通的員工旅遊。閻魔大王或許受到大家敬畏，不過祂的身邊也有可以信賴的夥伴吧。

『佑真，看來你做的東西是貨真價實的。朕就是想確定這件事，才專程過來這裡。』

閻魔大王倏地伸出手，細長的手指握住佑真的手。由於祂把臉靠了過來，佑真心想「怎麼了嗎」，接著便看到形狀優美的嘴唇揚起。

『你願不願意成為朕的私家廚子呢？』

悅耳的低音喃喃地問，佑真大吃一驚瞬圓了雙眼。

「咦！我是人類耶？」

沒想到閻魔大王會來挖角自己，佑真激動到聲音都拉尖了。大肆讚美之後是挖角，教他心情怎麼能不好。

『朕當然知道，因為印記是朕給你的。』

見對方一副極為理所當然的表情這麼說，佑真頓時心慌意亂。

「可、可是我還沒取得廚師執照……啊，這是人界的規定吧！哎呀，能得到您的賞識我非常開心，但是……！」

『當然，工資方面也不會虧待你的。現在的收入是多少？朕給你三倍。朕希望你住在宅子裡工作，所以也會提供完善的福利制度。如果還有其他需求，儘管告訴朕。』

閻魔大王一句接著一句，佑真立刻在腦中盤算起來。薪水是目前的三倍，這可說是超棒的條件。坦白說，在這裡工作福利制度很不明確，佑真也很介意這點。如果說這是家族企業的弊病倒也無可奈何，但這不符合佑真凡事都要清清楚楚的個性。

「可、可是住在閻魔大王的寓所裡，要回來這邊的世界不是很費事嗎……況且，我的小孩才剛出生不久。」

心情搖擺不定，就連佑真自己也很混亂。其實他應該要馬上回絕才行，可是自己的心中產生了猶豫，沒辦法斷然拒絕。

『只要乘坐羅剎鳥，不就能在一天之內回到這裡嗎？朕很中意你，想把你放在身邊，但並不想軟禁你。假日想回去的話，你也可以回到這裡。孩子的事也不用擔心，把他一起帶來不就好了？你工作的時候，朕會安排保母照顧孩子。還有你的丈夫蓮，他要一起過來也無妨。』

閻魔大王溫柔地喃喃勸說，佑真頓時說不出話來。因為有那麼一瞬間，他覺得待在高知的深山裡，與待在閻魔大王的寓所裡並無多大的不同。而且還可以全家人一起過去。

內心在動搖。他知道原因。因為對方相信自己的能力，並提出了非常優渥的待遇邀請自己過去工作。而且提出邀約的，還是地位崇高的閻魔大王。他怎麼可能不開心？要不是顧慮到家人，他早就忍不住點頭答應。

「可、可是我還不知道，自己能不能永遠跟蓮在一起……」

佑真低著頭，囁囁嚅嚅。內心動搖的其中一個很大的原因，就是他與蓮的關係產生了變化。也把蓮一起帶去閻魔大王的寓所真的好嗎？把身為人類的颯馬帶到妖怪生存的世界真的好嗎？姑且不談小孩，日後蓮要是有了喜歡的人自己就得退出這段婚姻，一想到這兒更讓他不知道該怎麼辦才好。但是，閻魔大王的邀約實在令人心動。坦白說，想獲得這份工作的念頭確實越來越強烈了。

『能不能永遠在一起……？嗯──看來你也有自己的苦衷呢。朕不介意你把孩子帶過來喔，反正孩子已打上印記了。』

閻魔大王看穿佑真搖擺不定的心情，在背後推了他一把。

『不過你應該沒辦法馬上回答吧？你就好好地考慮到明天吧，朕期待能得到好的答覆。』

喝完茶後，閻魔大王將手伸了出去，輕柔地摸著佑真的頭，不知怎的佑真突然小鹿亂撞。真想看看面具底下的那張臉。他認為對方絕對是個帥哥。

「不好意思……我有個不情之請，能不能請您摘下面具呢？」

佑真一副坐不住的興奮模樣開口問道，閻魔大王聞言感到不解。薩巴拉、夏瑪與牛頭妖怪當即臉色大變，作勢起身。看來剛才那句話十分不敬。所有妖怪都面露驚慌神情發著抖說：『放、放肆！』

『你想看朕的臉嗎？』

只有閻魔大王一副覺得有趣的樣子看著佑真。

「是的！我認為您絕對是個超絕美男子！我這方面的直覺從沒出錯過！」

佑真自信滿滿地說，閻魔大王聽了忍俊不禁。

『直接看到朕的臉，即便是你也有可能會變得不正常喔。不過，如果你願意在朕這邊工作，給你看也無妨。』

「唔唔……交換條件是嗎？」

佑真不甘心地哼道。祂不會那麼輕易地讓自己見到盧山真面目嗎？

「總之，請讓我考慮一晚。」

佑真以雙手三指觸地，恭敬地這麼說後，便將吃完的空盤收到推車上。

「推薦各位一定要體驗看看本旅館的溫泉。如果有什麼事，請各位不用客氣儘管吩咐。」

向閻魔大王、薩巴拉、夏瑪與牛頭妖怪鞠躬行禮後，佑真推著推車離開宴會廳。

（居然被挖角了，這可是我人生頭一遭呢。）

發覺自己有些欣喜雀躍，佑真不由得苦笑。

佑真在廚房清洗髒盤子的時候，照顧完羅剎鳥的蓮走進廚房，模樣看起來很疲憊。蓮說羅剎鳥啄他，一直揉著肩頭。

據說今晚大家要熬夜輪流值班，半夜也要服務客人。畢竟對方是閻魔大王，自然享有VIP待遇。

「閻魔大王那邊要不要緊？祂說了什麼？」

蓮似乎很擔心送甜點過去的佑真，神情不安地問道。

「沒事，祂對我的料理讚不絕口。你聽我說，閻魔大王挖我去他的寓所當廚師呢。而且薪水還是現在的三倍。是不是很棒？」

得到閻魔大王誇獎時的興奮之情尚未消退，佑真一邊洗盤子一邊興高采烈地說。

「……咦？」

一瞬間，蓮的臉色沉了下來。佑真沒發現，紅著臉將洗好的盤子放到瀝水籃裡。

「閻魔大王好厲害喔，居然獨自將我做的二十五個練切全部吃光。祂應該很喜歡甜食吧，但這樣不會得糖尿病嗎？不過祂是閻魔大王，應該不要緊吧。沒想到妖怪的老大會來挖角我，你不覺得這件事比被你帶來這間旅館還要離奇嗎？總之可以考慮一晚，我想說得跟你商量才行……哇！」

話說到一半手臂突然被蓮揪住，佑真嚇了一跳重心不穩。由於蓮以大到會痛的力道握住手臂，佑真抬頭看向他。只見蓮擺出非常可怕的表情俯視著佑真。

「當閻魔大王的廚師？什麼意思？而且還要考慮一晚……這是怎麼回事？為什麼不立刻回絕？」

蓮散發著恐怖到令人背脊發涼的壓迫感，逼近佑真質問道。

「呃，因為……對方開出的條件非常好。」

佑真不明白蓮為什麼這麼生氣，伸手關掉水龍頭。

「條件哪裡好了？既然是閻魔大王的寓所，那就等於是在妖怪鄉工作吧？你在想什麼？你知道那個地方有多危險嗎？真是瘋了，這件事絕對要回絕！」

聽到蓮低聲怒吼，佑真頓時火冒三丈，甩開蓮的手臂。

「雖說我打算跟你商量，但最後做決定的人是我吧？為什麼劈頭就叫我回絕！」

佑真一反駁，蓮便咬牙切齒地握拳往水槽檯面一捶。

「所以說你為什麼會有到閻魔大王那邊工作的念頭！你真的瘋了，那裡不是我們人類居住的地方吧！何況去那邊工作，『七星莊』會怎樣你都無所謂嗎？在閻魔大王的寓所裡工作，你是打算跟我分居嗎？」

聽到對方以激動的口氣這麼說，剛才的雀躍之情逐漸冷卻下來。得到閻魔大王的誇獎讓佑真非常開心，但蓮卻劈頭就責備他，讓他有種遭到否定的感覺。

而且——佑真注意到彼此的差異。

蓮認為佑真應該永遠在這裡工作。既然跟蓮結了婚，孩子也生了，到死為止他都必須待在「七星莊」。

佑真雖然跟蓮結了婚，也不討厭在「七星莊」工作，但他最初是為了取得廚師執照，才會來到這裡工作。想取得廚師執照，必須在餐飲店工作兩年以上。他還沒決定取得廚師執照後要怎麼辦。佑真原本打算，如果取得執照後能得到相應的待遇，他就繼續留在這裡工作；如果沒辦法，他也可以改到別家店工作。

對佑真而言，結婚與工作是兩回事。即便旅館採家族經營方式，自己若有其他想工作的地方，他會選擇後者。如果佑真離開後會人手不足，只要再招募新人就好。雖然這裡是妖怪專用旅館，要找到新員工可能會很困難，不過就連在廚房工作多年的岡山都看不見妖怪了，這點應該不成問題。

「我又沒說要永遠在這裡工作。」

雖然心裡湧現各種想法，但佑真最討厭跟別人互相怒吼。他冷靜下來，盡量用聽起來不刺耳的語氣說。然而，蓮聽了之後臉色立刻變得鐵青，用力咬著嘴脣。讓蓮露出那種表情，佑真覺得很過意不去，但他無法偽裝自己的心情。

「……佑真，你好奇怪。」

蓮低著頭擠出話音。

「你一直都怪怪的。一下子說，如果我喜歡上別人隨時都能分手，一下子說，想在閻魔大王的寓所工作……我完全無法理解。你要拋棄我嗎？你討厭我了嗎？」

蓮用悲傷的聲調逼問，佑真頓時腦中一片空白。

他不懂蓮在說什麼。為什麼蓮會冒出自己要拋棄他的想法？為什麼會覺得自己討厭他？不過，蓮會這麼想也是理所當然的。因為佑真一直逃避跟蓮溝通。在閻魔大王的寓所工作，對佑真而言是簡單快速的賺錢方法。雖然很難每天回家，但閻魔大王也承諾他假日可以回到這裡。

「閻魔大王說，你和颯馬也可以一起過去……」

佑真低著頭，用沙啞的聲音說。

「如果沒有要事，我是不會過去那邊的。」

蓮以憤怒的語氣斬釘截鐵地回答。

遭到斷然否決後，佑真領悟到自己若想過去工作，就只能與蓮分開了。蓮在等佑真改變心意。

「不要有這種愚蠢的念頭……佑真，自從你適應妖怪之後，就變得很不對勁。所以我才不希望你跟妖怪扯上關係。你不討厭我吧？與其看到你變得不對勁，我願意辭掉這邊的工作。我們一家三口也可以搬到其他地方，從事別的工作。」

蓮看似痛苦地這麼說，佑真的內心大為震撼。他很訝異，蓮不惜做到這種地步，也要阻止自己到閻魔大王的寓所工作嗎？

蓮目不轉睛地看著佑真。他在等佑真回答「我不討厭你」。明知道得快點說些什麼才行，嘴巴卻動不了。

「怎麼了？為什麼在吵架！」

「該不會是哪裡出了差錯，怠慢了閻魔大王吧？」

打破緊張氣氛的人，是衝進廚房的女將與都。兩人似乎是聽到蓮的怒吼聲，才臉色大變飛奔過來。女將很怕觸怒閻魔大王，整個人都在發抖。都哄著颯馬，自己也快哭了。

「啊，沒有啦……不是這樣。是閻魔大王挖角我，問我要不要去他的寓所工作。」

佑真帶著僵硬的表情解釋，女將與都聽了之後一同大叫。

「不會吧，真的假的？到底是怎麼演變成這種情況的？」

都目瞪口呆，輪流看著佑真與蓮。

「這這這這、這怎麼敢當！居然提出這種無法拒絕的邀請！可是你不在的話我們的生意就做不成了！怎麼辦！」

女將死抓著佑真，驚慌失措地說。

「我想『七星莊』應該不至於沒辦法營運。何況童童應該不會跑去妖怪鄉吧。」

女將擔心的是座敷童子吧。以前佑真跑回娘家時，座敷童子也跟著一起去，導致這裡的溫泉停止出水。不過當時是回橫濱，座敷童子才會跟著他走，而且祂說過妖怪鄉是很可怕的地方，所以這次應該不會跟去。事實上，之前為了取得印記而前往妖怪鄉時祂就沒跟去。更何況，就算童童消失了，那也不關佑真的事。經營者要求一名員工背負這麼大的責任是很不合理的。

「可是可是！你的甜點在妖怪之間很受歡迎耶！如果少了你，營業額不就會下滑了嗎！啊啊，可是我又不想因為拒絕這件事而惹閻魔大王討厭！」

女將發出極為悲痛的吶喊。聽到如此自私的言論，反而讓佑真心裡暢快多了。

「我絕對不答應。我這就去拒絕閻魔大王。」

蓮擺出苦惱的表情，打算離開廚房。女將立刻抓住蓮，從背後架著他不讓他走。

「慢著！你用這種要找人吵架的態度去拒絕，會犯下不敬之罪而被處死吧！」

「就是啊，蓮！你先冷靜下來！」

都也感受到危險的氣氛，連忙阻止蓮。

「對方分明是邀請我，為什麼是蓮去拒絕？我又不是你的所有物。」

明明保持沉默就好，但嘴巴就是忍不住批評蓮。果不其然，蓮一聽氣瘋了，惡狠狠地瞪著他。佑真這一生，一再因為心直口快而摧毀人際關係。他總是忍不住說出不該說的話。說他沒有學習能力確實無法反駁，佑真也被笨拙的自己氣得頭昏眼花。

他並不是想跟蓮吵架。

對蓮的愛情也沒有改變。

然而——與蓮四目相對的瞬間，佑真就領悟到「啊，不行了」。因為他透過蓮的眼睛，看清楚自己的心。

明白了自己在蓮失去辨識說謊者的能力後，主動表示隨時都願意抽身離開的原因。

因為佑真害怕被蓮討厭。他很怕遭到蓮疏遠、閃避。假如「不會說謊」這個優點消失了，自己就只是個路人。自己與蓮實在很不登對。就像魔法解除後，灰姑娘的黃金馬車會變回南瓜，一旦夢醒了，蓮也會發現陪在他身邊的自己是個平庸的人。所以——佑真才會打算在蓮開口之前主動提起這件事，將傷害降到最低。他也覺得閻魔大王的邀約，是離開這裡的好藉口。

（不知不覺間，我居然覺得待在蓮的身邊是理所當然的呢。）

自己不過是區區一介路人，竟敢存有這種放肆的想法。

「哇啊啊啊啊！」

颯馬的哭聲打破了緊繃的氣氛。都拚命地安撫颯馬。蓮表情僵硬地接過颯馬，轉身背對佑真。

「……我去讓頭腦冷靜一下。」

以生硬的聲調這麼說後，蓮抱著颯馬走出廚房。留在廚房的佑真默默地洗起剩下的盤子。女將與都則在後面不斷嚷嚷著「怎麼辦」、「接下來事情會怎麼發展啊」。

將水槽清理乾淨後，佑真一語不發地走出廚房。

雖然女將與都上前挽留他，不過佑真也想讓頭腦冷靜點。

本來是想來冷靜一下的，但不知為何佑真前往的地方卻是澡堂。他到室內澡堂將全身上下洗得乾乾淨淨，等身體暖和後才換上新的工作服來到中庭。

此時已過晚上十一點，四周一片漆黑。弦月略微被雲遮擋，舒適的晚風吹拂著熱烘烘的身子。中庭有個池塘，雄偉挺拔的松樹種植在四個方位。由於旅館經營順遂，今年便請了園藝師傅來修剪，如今中庭呈現一幅頗具風情的景致。

佑真俯視著池塘，思考接下來該怎麼做。照那樣子來看，蓮是絕對不會同意佑真在閻魔大王底下工作吧。就算與蓮分手的那一日遲早會到來，那也不會是現在。閻魔大王的邀約固然很令人感激，但看樣子這次或許應該放棄這個機會了。

「唉……」

忍不住嘆了一口氣後，佑真突然覺得背後有東西。以為是座敷童子而回頭一看，卻發現閻魔大王不知何時站在後面，佑真驚訝地張大了眼睛。

『朕的耳力很好。』

閻魔大王笑吟吟地開口。

『剛才不小心聽到了你和蓮的爭執。看來家人很反對呢。』

閻魔大王站到佑真旁邊，長髮披垂在肩上。不知道閻魔大王是不是沒去泡溫泉，服裝還是原來那一套。

「唉……不過，人際關係本來就是我最不拿手的項目。」

佑真好似被閻魔大王散發的沉穩氣息輕柔包覆，自然而然地吐露心聲。大家都畏懼閻魔大王，但佑真完全不懂他們的恐懼。佑真反而覺得閻魔大王肚量極佳，與他相處時，無論自己做什麼都能得到原諒。

『這是因為活在人間的你，是個與眾不同的奇特人物。面對不悅的朕還能夠泰然自若，這種怪胎就算在妖怪當中也找不出幾個來呢。你看起來既不懂得迎合他人，也不會為了應付一時而說謊，更不會做出偽善的舉動。雖然誠實又冷靜，卻也經常觸怒他人吧？若想與他人相處融洽，有時也需要善意的謊言。不過，正因為你辦不到這種事，做出來的料理才會那麼美味吧。所以維持原樣就好。』

聽到閻魔大王仔仔細細地分析自己的個性，佑真不禁感到佩服，雙方分明只見過一次面，祂卻這麼瞭解自己。而且還說維持原樣就好——佑真頓時心潮澎湃，按著胸口。

每次與人發生衝突時他就會討厭自己，也曾煩惱過自己為什麼做人處事不能更八面玲瓏一點。一方面覺得自己必須改變才行，一方面又覺得要是改變了，自己就不再是自己，他就這樣跌跌撞撞地走到現在。自從在「七星莊」工作後，他就不曾在人際關係上遭遇挫折，然而現在，他卻與重要的人發生衝突。對陷入自我厭惡的佑真而言，「維持原樣就好」這句話非常能打動他的心。

而且，告訴他這句話的還是閻魔大王。

「閻魔大王……我一定要立刻過去才能獲得這份工作嗎？我與蓮可能再過不久就會分手，能不能等到那個時候再去呢？我是不是太任性了？」

雖然覺得對方不太可能答應，佑真仍試著低頭拜託閻魔大王。現在他還無法與蓮分開。就算分手的日子遲早會到來，那也不會是今天或明天。

『嗯——也就是說，你並不完全相信夫妻之情吧？』

閻魔大王不客氣地盯著佑真，然後抿嘴一笑。

『好吧。既然這樣，朕不如就來確定你們夫妻之間是否存在真愛吧。朕很喜歡你做的料理，所以就來幫你一把吧。』

話一說完，閻魔大王就把手伸向自己的面具。

閻魔大王緩慢地摘下面具，那雙明亮澄澈的眼睛強而有力地注視著佑真。閻魔大王的真面目——果然是超絕美男子！

「呼喔喔喔！真的超美形的！」

佑真興奮得跳了起來。閻魔大王的容貌俊美到令人不敢置信。膚色白皙，五官端正，眼珠宛如黑曜石，眉毛形狀優美，彷彿是一尊精雕細琢的男神雕像，完美無瑕的美就呈現在那裡。

「太、太驚人了！閻魔大王，您真的是個帥哥！看上去閃閃發亮呢！」

閻魔大王的背後好似散發著聖光，看得佑真的眼睛變成了兩顆愛心。其實那並非佑真的幻覺，現在分明是夜晚，閻魔大王周圍的空間卻相當光亮耀眼。竟然有幸瞻仰如此美麗的容貌，自己搞不好今晚就會死了……就在他這麼想的瞬間，膝蓋突然一軟。在佑真跌坐下去之前，閻魔大王倏地伸出手，摟住佑真的腰。

『呵呵呵。是嗎，有那麼美呀。』

閻魔大王那雙宛如寶石的眼眸直勾勾地注視著佑真。目光離不開那雙眼眸，佑真不由得雙頰泛紅。不知道是不是太興奮了，他的腳突然沒力，多虧閻魔大王扶著他才不至於跌倒。閻魔大王不僅臉蛋長得漂亮，連行為舉止都像個帥哥，佑真給迷得昏頭暈腦。

『佑真，就這樣看著朕的眼睛。』

迷人的嗓音如此低語，佑真點了點頭。不光是雙腳，全身都逐漸沒了力氣。正當他覺得這樣下去不妙時，閻魔大王將他橫抱起來。

「咿、咿咿咿咿，心臟要跳出來了……」

被超絕美男子公主抱，佑真滿臉通紅猛盯著閻魔大王。不知道是不是錯覺，腦袋變得越來越迷糊，就快要失去意識。真想看著這張美麗的臉孔直到最後一刻。佑真強烈地這麼希望，死命對抗越來越沉重的眼皮。

「唔唔、唔……我還想繼續看……的說。」

意識逐漸模糊，佑真這般喃喃自語後，身體就突然失去了力氣。

＊　＊　＊

聽到主人的呼叫聲後，夏瑪走近池塘。

這裡是名叫「七星莊」的陽間溫泉旅館。得知要臨時出遠門是幾天前的事。夏瑪服侍的主人，偶爾會像這樣心血來潮採取意外的行動。

「閻羅王。」

夏瑪對著佇立於池塘邊的閻魔大王屈膝行禮，摘下面具的閻魔大王轉過頭來。夏瑪已有好幾年不曾見過面具底下的那張臉，登時感到晃眼而忍不住垂下目光。如果直接看到閻魔大王的臉，大部分的人或妖都會受到迷惑，嚴重時甚至會發瘋。自豪為閻魔大王左右手的夏瑪雖不至於失常，但仍舊會頭昏腦脹，所以祂也無法直視閻魔大王。

「把他帶走。」

閻魔大王這麼指示，把抱在懷裡的人見佑真交給夏瑪。儘管內心感到困惑，夏瑪仍接住這名人類男子。佑真失去意識，臉上掛著微笑，彷彿正在作什麼美夢似的。自閻魔大王來到中庭時起，夏瑪就一直保持距離暗中護衛。佑真與閻魔大王交談的時候，夏瑪也在後方待命，只是佑真似乎沒發現。

「是，我會先讓他坐上羅剎鳥。」

夏瑪牢牢抱好佑真，點頭這麼說。

閻魔大王再度戴上面具，淺淺一笑。

「那麼，朕去操縱與佑真有關之人的記憶。結束後就立刻啟程，你們先做準備吧。」

閻魔大王轉身，回到旅館裡。確定閻魔大王已離開，夏瑪便抱著佑真趕往車庫。羅剎鳥就綁在車庫裡。夏瑪一回到車庫，本來在睡覺的羅剎鳥就醒過來，開始理毛。

夏瑪讓失去意識的佑真坐在其中一隻羅剎鳥身上。原本以為羅剎鳥會不願意，沒想到牠一看是佑真，便允許他坐到背上。真是稀奇，畢竟羅剎鳥自尊心高又討厭人類。

——真想僱用那個人類啊。

閻魔大王說出這句話，是在吃了佑真做的羊羹之後。佑真與其他人類為求印記而造訪閻魔大王寓所的那天，閻魔大王的心情相當惡劣。原因在於陰間發生大規模的內亂，死了許多妖怪。閻魔大王心情一差，周圍就會瀰漫寒氣，嚴重時待在周圍的妖怪還會結凍。儘管心情欠佳，閻魔大王並不是會把已排定的工作丟下不管的神明。所以當時祂也是打算快點授予佑真他們印記，結束這件工作。

沒想到在吃了佑真做的羊羹後，心情一下子就好轉了。羊羹相當合祂的胃口，閻魔大王甚至不滿地表示還想再吃。

其實，夏瑪也吃過佑真做的羊羹，而且同樣著迷於他做的料理。陰間理應也有類似的味道，但不知怎的佑真做的料理具有成癮性。閻魔大王說是料理下了咒，夏瑪也同意這種說法。佑真本身偶爾也會散發很香的味道，夏瑪覺得他是個很奇特的人類。

（今晚的甜點也很美味。）

想著想著忍不住回味起晚餐送上的甜點，夏瑪趕緊繃緊表情。

當閻魔大王告訴佑真想僱用他為廚師時，佑真比想像的還要有興趣。換作普通人應該會害怕，可他卻表現出意願。佑真是個奇怪的人類。他並不是不怕妖怪，但他對閻魔大王卻有著非比尋常的好奇心。就連熟悉閻魔大王的夏瑪，若長時間與祂相處還是會緊張，然而身為人類的佑真卻能那麼冷靜地跟閻魔大王說話，真是不可思議。

聽說佑真第一次見到薩巴拉時也是狂問祂問題，害得地獄守門犬薩巴拉手足無措。蓮說過，佑真是個不懂得察言觀色的人，但不懂得察言觀色也該有個限度。

（不過，沒想到閻羅王會做到這種地步。）

夏瑪回到房間，通知其他同伴，著手收拾東西準備離開。由於閻魔大王事前就告知祂們可能會帶佑真回去，大家的動作都很迅速。

祂們回到羅剎鳥所在的車庫，牽起韁繩將羅剎鳥帶到外面。

短短半個時辰後，閻魔大王回來了。

「結束了。」

簡潔地告知眾妖怪後，閻魔大王騎上佑真坐的那隻羅剎鳥。「結束了」是指已從這間旅館的人以及跟佑真有關的人腦中，抽走或變更有關佑真的所有記憶吧。

閻魔大王扶著沒有意識的佑真，拿起轡繩。此時，夏瑪與薩巴拉、牛角與牛笛也都騎在羅剎鳥背上了。

「走吧。」

閻魔大王一聲令下，羅剎鳥隨即振翅飛上夜空。

本命是α

◆7 陰間的廚師

切開烤得鬆軟的蜂蜜蛋糕，佑真將蛋糕擺到盤子裡。

寬敞的廚房裡只有佑真與助手冷泉兩道身影。冷泉是狸妖，雖然不怎麼機靈，不過佑真交代的事都會確實完成。廚房有大水槽、塞滿食材的架子、爐灶與炭烤爐。牆上陳列著各種大大小小的調味罐，此外還擺著鐵板與鑄鐵壺。可惜沒有微波爐，不過冷泉很擅長控制火候，所以目前並無問題。

「唔哇——佑真師傅，今天的點心看起來也很美味呢。」

冷泉咯咯笑道。據說蜂蜜蛋糕在陰間同樣以吉利的和菓子聞名。

「就是啊。烤成褐色的這塊表皮也很好吃呢。」

佑真同樣看著蜂蜜蛋糕點頭說道。

「好，既然完成了，就送去給閻魔大王吧。」

佑真將盤子擺到推車上，然後脫掉身上的圍裙。冷泉當即打了個哆嗦，抬起目光。

「佑真師傅真的很厲害耶，居然能夠泰然自若地跟那位閻羅王說話。老實說我很怕祂，即使到了現在還是會忍不住發抖呢。真不愧是閻羅王賞識的廚師。」

見冷泉以尊敬的目光注視自己，佑真暗爽在心裡，撓了撓後頸。

「雖然大家都這麼說，但我實在不懂你們為什麼會怕那樣的帥哥。這麼說來之前也……」

話說到一半，佑真困惑地歪著腦袋。剛剛他想起曾有人跟冷泉一樣說過這種話，但想不起來是誰說的。

「算了，我送過去囉。」

將煮好熱水的鑄鐵壺也放到檯面上後，佑真推走推車。他離開廚房，推著推車走在綿長的走廊上。

這裡是陰間。生於陽間的佑真，是被閻魔大王挖角到這裡當廚師的。他沒有父母。小時候被住在陰間的閻魔大王親信夏瑪撿到，之後就一直在陰間生活。陰間是妖怪的世界，不過佑真有閻魔大王授予的印記，任何妖魔鬼怪都無法傷害他。

做菜原本就是佑真的興趣，某天他將自己做的羊羹獻給閻魔大王而獲得賞識，之後便住在閻魔大王的寓所裡工作。

閻魔大王總是戴著面具遮住臉孔，不過那道美麗的身影依舊迷倒了佑真。佑真曉得自己的外表很平凡，所以他很喜歡欣賞美麗的事物。而佑真活在這個世上最幸福的時光，就是痴痴地欣賞閻魔大王時。

閻魔大王的寓所偶爾會不小心連結到異空間。佑真想像著閻魔大王高興的模樣，面帶笑容於漫長的走廊上行進。走廊盡頭是露臺，現在這個時間閻魔大王都會待在那裡。閻魔大王透過鳥跟各地聯絡，因此習慣在露臺享受下午三點的點心。

「佑真，你來啦。」

今天陽光燦亮，露臺上看得到閻魔大王與龍我的身影。龍我是一名戴著銀框眼鏡、身材苗條的男子，擔任閻魔大王的助理。外表乍看像人，實際上是龍的化身。

「今天做了什麼點心？」

原本在看文件的閻魔大王，發現佑真來了便笑咪咪地問道。儘管臉上依舊戴著面具，閻魔大王光是坐在那裡，就能讓佑真充分享受濃烈的帥哥魅力。

「今天烤了蜂蜜蛋糕。」

佑真雀躍地將切好的蜂蜜蛋糕擺在閻魔大王與龍我的面前。接著用鑄鐵壺裡的熱水泡茉莉花茶，再倒入茶杯裡。

「不錯呢，我一直很期待。」

閻魔大王把文件擺到一旁，然後將蜂蜜蛋糕送進嘴裡。露臺的對面可看到櫻花樹圍繞著池塘。陰間的季節感似乎與陽間不同，現在分明是初夏，櫻花卻盛開怒放。在櫻花背景下品嘗蜂蜜蛋糕的閻魔大王實在美得宛如一幅畫。要是有相機的話真想拍下來，可惜這個世界沒有相機。聽說人類的世界有這種玩意兒，假如哪天有妖怪要去那裡玩，他真想請對方當作紀念品買回來。

之前佑真說想製作閻魔大王的寫真集時，薩巴拉嚇得臉色大變，但對身為閻魔大王的信徒並引以自豪的自己而言，可以天天欣賞的繪卷應該能成為心靈糧食療癒自己才對。

「好吃。」

一轉眼閻魔大王就吃完蜂蜜蛋糕，喜孜孜地讚道。這句話讓佑真開心到要飛上天，深深地覺得能夠從事這份工作真是太棒了。一切都要多虧夏瑪將自己撿回來。雖然稱呼夏瑪為爸爸，祂會擺出很不情願的表情，但對佑真而言祂就像是自己的父親。

夏瑪偶爾會問佑真，想不想去自己的同類所生活的陽間。

佑真對陽間沒什麼興趣。陰間的生活很符合他的個性，最重要的是這裡還有超絕美男子閻魔大王。這個隨時都能欣賞帥哥的環境，對佑真而言是最棒的地方。聽其他妖怪說，陽間的文明很發達，但無論如何就是勾不起他的興趣。一聽到陽間，他就覺得心情鬱悶。說不定是出生時在那邊遇到什麼不愉快的事。自己應該有人類父母，但他們拋棄了孩子，就算見了也沒用吧。

由於佑真是人類，偶爾會有妖怪欺負他，但一得知他在閻魔大王身邊工作後，大家都會立刻改變態度。所以什麼問題也沒有。

「真想再吃一點呢。另外也再幫我倒杯茶。」

聽到閻魔大王這麼催促，佑真便將推車上那條蜂蜜蛋糕切片。龍我似乎也非常喜歡蜂蜜蛋糕，同樣要求再來一片。照這樣子看來，一條蜂蜜蛋糕應該一下子就會吃完。

「請問今晚您想吃什麼呢？」

佑真悄聲詢問。其實閻魔大王就算什麼都不吃，身體也不會有問題。事實上，在佑真成為閻魔大王的廚師之前，聽說祂每個月只進食一、兩次而已。

「今晚想吃麵哪。」

閻魔大王揚著嘴角回答。

「好的，我會為您煮出好吃的麵。」

因為對方點了麵類，佑真的腦中立刻浮現各種菜單。無論他做了什麼料理，閻魔大王都會吃得很開心，因此做起來很有成就感。由於薩巴拉與夏瑪偶爾也會過來陪閻魔大王用餐，保險起見晚餐就多準備一點吧。製作喜歡的料理，獻給敬愛的主人。光是這樣佑真就很幸福了，不過還有一個方法能讓他更加幸福。

「不好意思……閻魔大王。」

佑真將剛切好的蜂蜜蛋糕擺到閻魔大王的面前，然後紅著臉朝祂瞄了幾眼。閻魔大王困惑地側著頭。

「今天可以讓我看一下下……嗎？我想補充心靈營養……」

佑真忸忸怩怩地添加茶水。

「哦……」

閻魔大王抬手掩嘴，藏住笑聲。

優美的長指倏地摘下面具，露出閻魔大王的臉孔。

「哇啊～～嗯！閻魔大王最棒了！好美！啊啊！這樣又可以再活一陣子了！」

相隔數日再度有幸瞻仰閻魔大王的真實面容，讓佑真興奮到跳了起來。一被閻魔大王那雙美麗的眼眸注視，感覺就像走在雲上一般渾身輕飄飄的。帥哥即正義。他又能夠繼續努力工作了。真想永遠欣賞下去，佑真睜大雙眼凝視著閻魔大王。

「佑真還真是個奇人呢，不管看了幾次閻羅王的臉都沒事。」

坐在對面的龍我，抬手遮著眼睛苦笑道。佑真一看到閻魔大王的臉就精神百倍，反觀其他妖怪不是昏厥或發瘋，就是意識遭到控制，總之下場很慘。居然沒辦法欣賞這麼美麗的事物，佑真覺得祂們實在很可憐。

「是啊，對我而言這是獎勵。」

佑真陶醉地這麼說後，閻魔大王將手伸了過去，握住他的手。

「既然那麼喜歡，朕也可以陪你過夜喔？」

閻魔大王露出魅惑的笑容低聲這麼說，佑真立刻將手收回去。

「啊，不，這就不用了。」

見他很乾脆地拒絕，龍我睜大了眼睛。因為佑真毫不猶豫地拒絕了閻魔大王的邀約，龍我肯定嚇了一跳吧。雖然佑真非常喜歡欣賞帥哥，但他只喜歡遠遠地欣賞與喜愛，並沒有要跟對方談戀愛。他反而希望閻魔大王與配得上祂的美女共度春宵。

「呵呵呵，真難對付啊。」

閻魔大王一點也不生氣，反倒覺得有趣似地揚著嘴角。

「對了，佑真。過幾天會有人類來這裡辦事，到時候麻煩你準備人類會喜歡的餐點。」

閻魔大王嚼著蜂蜜蛋糕，以談公事的口吻告知這件事。

「哦……真難得呢，居然有人類會來這裡。」

佑真幫龍我倒茶，驚訝地睜圓了雙眼。來見閻魔大王的，會是傳聞中的「七星莊」的人嗎？聽說，那間旅館有妖怪們趨之若鶩的祕境溫泉。雖然位置相當偏僻，而且又是在陽間，但閻魔大王會給在「七星莊」工作的人打上印記，保護他們不受妖怪攻擊。佑真也有這樣的印記。閻魔大王似乎會給工作與妖怪有關的人類這種印記。

「是啊……你就好好期待吧。」

閻魔大王給了佑真一個別有深意的笑容後，再度拿起文件。

下午茶時間結束，佑真收拾空盤，行了一禮後就推著推車離開。

今天的閻魔大王也很俊美。想必這世上絕對沒有比閻魔大王更令自己著迷的美男吧。

佑真對自己毫無疑問，他在走廊上一邊走，一邊想著晚餐要準備什麼菜色。

後記

新舊讀者大家好，我是夜光花。

《本命是α》推出第二集了，可喜可賀。這個系列還會再陪伴大家一下下。

愛情喜劇寫起來真愉快呢！由於兩名主角在上一集的最後結婚了，本集就決定寫成蜜月旅行篇，並試著營造出熱熱鬧鬧的歡樂感。

之前我就打算，如果有機會寫第二集絕對要加入閻魔大王這個角色，所以這次寫得非常滿足。雖然佑真老是說自己很平凡，不過他確實具備了主角技能呢。而且繼續在閻魔大王家工作的話，好像還比較能過著充實的生活。畢竟他在人類世界活得不順遂，可是在妖怪世界卻能過得意外的快樂。雖然佑真是個不懂得察言觀色的主角，但我認為不懂得察言觀色這點若變成優點，反而會很有趣呢。

話說回來，這個系列分明是ABO題材，卻沒機會寫到發情期橋段，實在令我很不甘心。下次一定要把這個橋段加進去。

大和與都雖然是一對嗜好與生活方式截然不同的情侶，希望他們能用愛的力量努力克服一切。

插畫跟上一集一樣，也是請みずかねりょう老師繪製。很高興能夠再次見到みずかね老師繪製的眾角色。嚴肅畫風的插畫很美，Q版圖也很可愛，這次的期待度同樣很高呢。由於寫這篇後記時還沒看到圖稿，非常期待最後完成的插畫。感謝みずかね老師在百忙之中接下這個工作。

謝謝責編總是迅速回覆我的問題，並且不吝給我鼓勵。今後還要請您多多關照。

最後謝謝閱讀本書的各位讀者，如果大家對本作品有任何意見或感想，請一定要告訴我。

那麼，希望我們能在下一本書中再會。

夜光花

藍月小說系列

本命是α2 蜜月旅行就到妖怪鄉一遊
（原著：推しはα2 新婚旅行は妖怪の里）

作　　者／夜光花
繪　　者／みずかねりょう
譯　　者／王美娟
執 行 長／陳君平
榮譽發行人／黃鎮隆

出　　版／城邦文化事業股份有限公司 尖端出版
台北市中山區民生東路 2 段 141 號 10 樓
電話：(02) 2500-7600
傳真：(02) 2500-2683
E-mail：7novels@mail2.spp.com.tw
發　　行／英屬蓋曼群島商家庭傳媒股份有限公司城邦分公司　尖端出版
台北市中山區民生東路 2 段 141 號 10 樓
電話：(02) 2500-7600 （代表號）
傳真：(02) 2500-1979
中彰投以北經銷／楨彥有限公司（含宜花東）
電話：(02) 8919-3369　傳真：(02) 8914-5524
雲嘉以南／智豐圖書有限公司
（嘉義公司）電話：(05) 233-3852　傳真：(05) 233-3863
（高雄公司）電話：(07) 373-0079　傳真：(07) 373-0087
一代匯集／香港九龍旺角塘尾道 64 號龍駒企業大廈 10 樓 B&D 室
電話：(852) 2783-8102　傳真：(852) 2582-1529
E-mail：hkcite@biznetvigator.com
新馬經銷／城邦（馬新）出版集團 Cite (M) Sdn. Bhd.
E-mail：cite@cite.com.my
法律顧問／王子文律師　元禾法律事務所
台北市羅斯福路 3 段 317 號 15 樓

2023 年 2 月 1 版 1 刷

■中文版■

郵購注意事項：
1.填妥劃撥單資料：帳號：50003021戶名：英屬蓋曼群島商家庭傳媒(股)公司城邦分公司。2.通信欄內註明訂購書名與冊數。3.劃撥金額低於500元，請加附掛號郵資50元。如劃撥日起 10～14日，仍未收到書時，請洽劃撥組。劃撥專線TEL：(03)312-4212 ・ FAX：(03)322-4621。E-mail：marketing@spp.com.tw

國家圖書館出版品預行編目資料

本命是α2：蜜月旅行就到妖怪鄉一遊 / 夜光花作；
王美娟譯. -- 1版. -- 臺北市：城邦文化事業股份有限公司尖端出版：英屬蓋曼群島商家庭傳媒股份有限公司城邦分公司尖端出版發行, 2023.02
面； 公分
譯自：**推しはα2 新婚旅行は妖怪の里**
ISBN 978-626-338-996-0（平裝）

861.57 111018989